JN068965
稲荷様（いなりさま）
世界の山にも
春がやってきた。
望月五月（もちづきさつき）
［著］実川えむ
［画］りりんら
I BOUGHT A MOUNTAIN.
山、買いました
～異世界暮らしも悪くない～
2

ガズゥ
テオ

ユキ
スノー
マル

エイデン(古龍)
「すまんっ！ けして、けっして、恐がらせるつもりはなかったんだっ！」

~異世界暮らしも悪くない~

山、買いました

[著]実川えむ

[画]りりんら

I BOUGHT A MOUNTAIN.

Contents

Character
望月五月(もちづきさつき)
稲荷様に頼まれて
異世界の山を買う
三つ子ちゃん
ホワイトウルフ一家の
新しい子供たち
エイデン
古龍(コリュウ)の
人間の姿
スノー
ユキの番(つがい)
ガズゥ
狼獣人で
みんなのリーダー
ノワール
古龍の卵から
産まれた
ちびドラゴン
キャサリン
公爵令嬢の
お嬢様
テオ
狼獣人で
わんぱく坊主
マル
狼獣人で
マイペース
サリー
公爵家の
メイド見習い

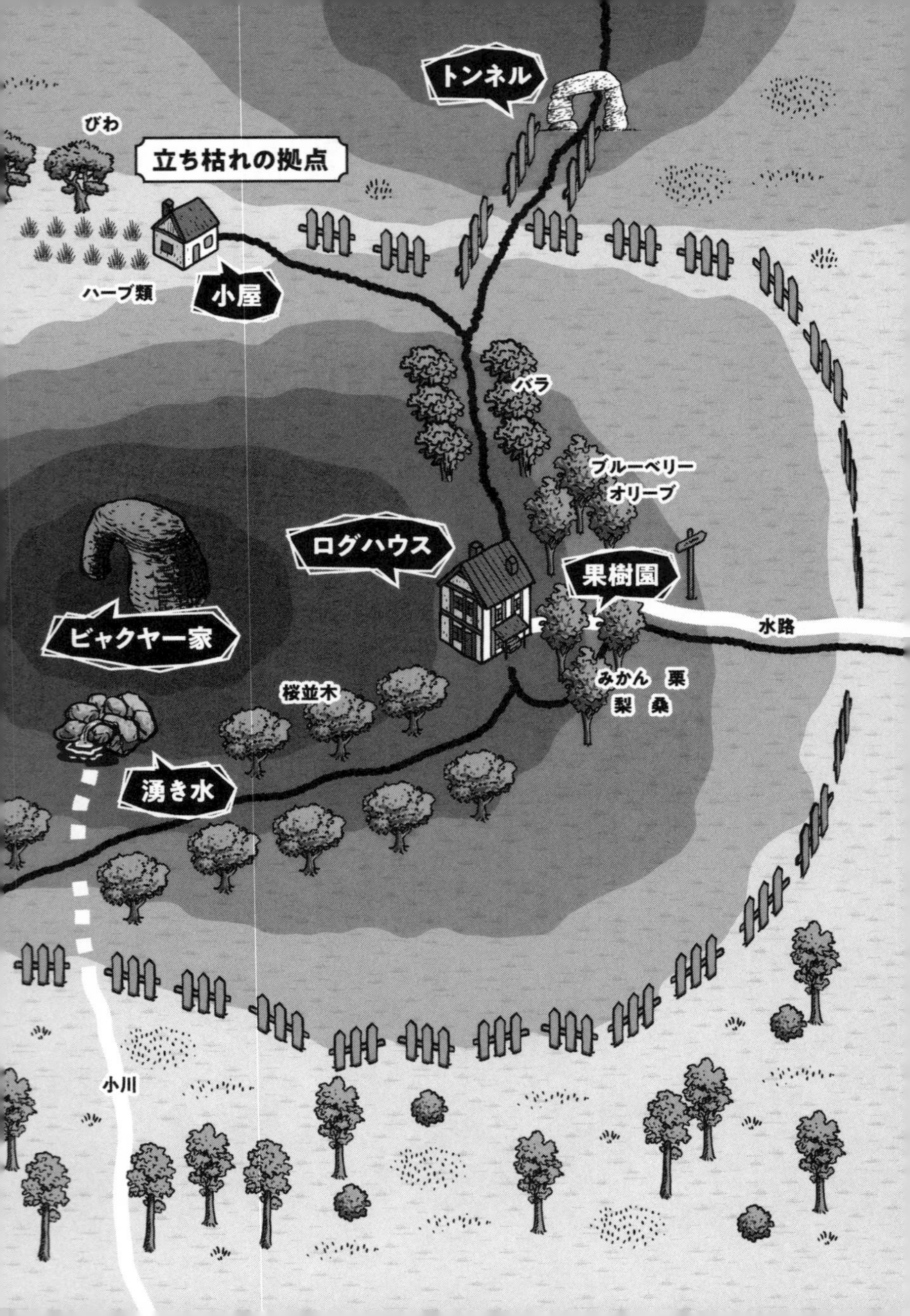
トンネル
びわ
立ち枯れの拠点
小屋
ハーブ類
バラ
ブルーベリー
オリーブ
ログハウス
果樹園
水路
ビャクヤー家
桜並木
みかん 栗
梨 桑
湧き水
小川

五月の山周辺
~フタコブラクダの山~
オレンジ
はっさく
梅の木
桃
すもも
杏
これから開拓予定

門
ガーデンフェンス
N
W
E
S

これまでのあらすじ

結婚目前と思っていた彼氏にフラれて、半ばやけくそでソロキャンプに向かった望月五月。
そんな初めてソロキャンプをした山で、狐の姿をした神様、稲荷様から異世界の山の購入を勧められてしまう。その上、山のある異世界の創造神、イグノス神にまで勧められて（脅されて？）結局、異世界の山を格安で買うことになってしまった。

始めは何もない山の中。ソロキャンプをしながら、稲荷様から送られてきたタブレットの開拓アプリの『ヒロゲルクン』、建築アプリの『タテルクン』を駆使して、少しずつ異世界の山をメンテナンスしていく。

異世界と日本を行ったり来たりしながら、時々、神様たちのサービスを受けつつ、異世界のスローライフを充実させていく。そして冬になる前に、なんとか念願のログハウスを手に入れることができた五月。

そんな山の中で出会ったのは、フェンリルの血をひくホワイトウルフの一家。ビャクヤ、シロタエ夫婦に、ハクとユキという子供たち。彼らに気に入られて、契約して従魔にしてしまった。
その上、なぜだか古龍の卵まで預けられるはめに。

異世界で一冬を越した五月は、より一層山を開拓しつつ、ログハウスでモフモフたちと山暮らしに勤しんでいく。

稲荷さん製
タブレット
建築アプリ
タテルクン
開拓アプリ
ヒロゲルクン

イグス様
古龍の卵
古龍
精霊たち
稲荷さん
ビャクヤ
シロタエ
ユキ
ハク

一章　春の異世界を楽しんでみる

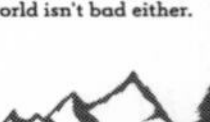

三月になった。

いよいよキャンプ場が再開する日。私は久しぶりに買い出しへ向かうべく、軽自動車に乗った。

トンネルに向かう道は、しばらく車を使っていなかったこともあって、湧き水側に負けず劣らず、草が生えていて驚いた。戻ってきたら、こっちの草刈りもしなくては。

草刈りといえば、湧き水側は無事に山裾（やますそ）まで終えることができた。といっても、その先は木々ばかりで道らしきものはなく、開けたところまで道を作らないとダメだろう。

当然、道の両側には桜も植えまくった。桜の見頃（みごろ）の時期に咲いてくれるかは微妙だけれど、土の精霊のパワーに期待したい。

その間の移動は、シロタエがしてくれたので車の出番はなかった。ハクとユキも私を乗せたがっていたけれど、シロタエに比べるとまだ小さい。ピレネー犬サイズから少しは成長しているけど、さすがに無理だ。もう少し大きくなったら、ということで納得してもらっている。

トンネルを抜け、こちら（日本）で最初に向かうのはスーパー。そこで買い出しの前に、銀行のＡＴＭで残高チェックだ。この冬ごもり期間は現金を使うことはなかったけれど、カードの引き落としや稲荷さんのところからの入金をちゃんと確認しておこうと思ったのだ。

現金を下ろしたついでに、通帳の中身を確認する。カードの引き落としも無事にされていたし、三回分の入金も確認。最終的に、プラスマイナスで、プラスになっていてホッとする。

「でも、今日は爆買いの予定なのよねぇ」

自分で言いながら、苦笑いが浮かんだ。

食料品売り場では、お米10kg、魚の切り身、豚肉の細切れ等、あちらでは育てられない、あるいは手に入れられない物を手当たり次第にカゴに入れる。バターやチーズなどの乳製品もほとんど残っていなかったし。果物もしかり。思わず、みかんを段ボールごとカートに載せる。

「おー！　ポテトチップス！　新商品いっぱいある〜！」

それに何より、お菓子類に飢えている。

「あ、お団子とお煎餅……どら焼きも買っとこう。それと……やだ、フルーツサンドがあるっ！」

しばらく豆乳クリームで誤魔化してきたのだ。久々の生クリームたっぷりフルーツサンドに手が伸びるのは当然だと思う。

次に向かうのはホームセンター。ガーデンライトを大量に買い込む。トンネル側の出入り口近くの地面に数本挿しているものの、そこからトンネルまでの間には全くない状態だ。今回買い込んだ量でトンネル側だけではなく、湧き水側にもいくつか挿しておきたい。

それと、稲荷さんから渡された古龍の卵用の、少し大きめの籠を買うつもりだ。

いまだに孵る兆しのない古龍の卵は、最初こそ、ブランケットに包んでベッドの上に置いていたが、寝るたびに移動させるのが面倒になった。今では寝袋をクッションにして、ブランケットごと暖炉の近くに置いている。しかしいい加減、古龍の卵を入れておける籠が欲しいと思っていたのだ。

「あ、これ、かわいい」

目についたのは丸い竹籠。大きさは私が抱えられる程度で持ち手が二つついている。深さも卵を入れておくのにちょうどよさそうだ。ブランケットを入れても大丈夫そうだし。

「さてと、あとは何買おうかな」

私はここぞとばかりに、あちこち見て歩いた。


買い出しに満足した私は、ホームセンターの近くにある古民家風のレストランに寄ることにした。久々の外食だ。

時間はギリギリランチタイム。

「おー、レディースセットある」

前菜に、長芋のポタージュ、地元の新鮮野菜と鹿肉のソテー、デザートには苺のムースがついている。

素直にレディースセットを頼むと、料理が来るまでしばらくぶりにスマホをチェックすることにした。

「おおお……」

予想はしていたけれど、しばらく見ないうちにすごい数のメッセージが届いている。しかし、ほとんどがフォローしているメーカーとかの公式アカウントからのもの。無意味な広告メッセージばかりだ。

それでも一つ一つメッセージの確認をしているうちに前菜が出てきた。

「やだ、美味(おい)しそう」

オレンジとにんじんのラペに、きのこのマリネだろうか。あとはズッキーニのソテーに生ハムが添えてある。こんな洒落(しゃれ)た料理はログハウスでは食べられない。

「いや、作ればいいのよね……ラペだったら、私でもできるはず」

異世界(あちら)に戻る前にレシピを控えておこうと思いながら、一つ一つしっかり味わった。


久々のごちそうに満足した私は、そのままいい気分でキャンプ場の管理小屋に顔を出した。

「あ、こんにちは」

先に挨拶(あいさつ)してきたのは、アルバイトの青年。

「稲荷(いなり)さん、います？」

「はい、はーい」

青年の返事よりも先に、稲荷(いなり)さんが奥の部屋から出てきた。

「望月(もちづき)様、郵便物、預かってますよ」

「すみません」

そう言いながら、私たちはテーブルの方へと歩いていく。お茶とお煎餅は青年が持ってきてくれた。稲荷さんのお煎餅も、久しぶりだ。

渡された郵便物の量は多くない。

「うん？　うちの会社から？」

なんだろう、と思って封を開けたら、入っていたのは源泉徴収票。

「……あ。年末調整してない」

すっかり忘れていた。

最後の給与がいつもより少し多いな、と思ったのを思い出して、もしかして退職金も込みの金額だったのか、と気付いた。

「え、じゃあ、確定申告しないといけないのかな」

今更ながら慌てだす。

「よければ、こっちでやっておきますよ？　それ、いただいても？」

「え？」

「税金関係はこっちでうまいことやりますから任せてくださいな」

ニッコリ笑顔で言われてしまった。その圧に、私はコクコクと頷く。

実際、神様の稲荷様にお任せしておくのがいいかもしれない。

「あ、あと、聞きたいことがあって」

私はあちらでの地図の機能と、先々、新たに土地を購入することは可能なのかを聞いた。正直、今の貯金ではすぐには買えないのだが。

「地図ですか？」

「はい、あの『ヒロゲルクン』の地図だと、購入した山の部分しか表示されないみたいで」

「おや、ついに山を下りられたのですか」

「下りたといっても、まだ周辺をほんのちょっと歩いただけですけど……地図では私のいる場所が表示されなくて」

「なるほど。まず購入については今のところ、ちょっと難しいですね」

「理由を聞いても？」

「単純に、望月（もちづき）様がお買いになった山以外は私の管轄外なんです」

「え？」

どうも周辺の土地には、一応領主みたいなのが存在しているらしい。私の山だけがポツンと独立しているそうだ。

「え、なんで、その、私の買った山は領主の土地ではなかったんですか？」

「元々、あの山自体が聖域扱いされてるんですよ。昔から人が入り込んだら神罰が下るとか。実際、私が頻繁に管理してた頃は、人は入れないようにしてましたし」

「でも、盗賊がどうとかって」

「いやぁ、ここ数年は、こちら（日本）にかかりっきりでねぇ」

「ていうか、稲荷（いなり）さんって、あちら（異世界）の人なんですか？」

「あちら（異世界）に家族はいますけど、一応は、こちら（日本）の神様ですよ？」

ちなみに『ヒロゲルクン』の付属の地図以外にも、『地図』専門のアプリはあるらしい。稲荷さん曰く、ＫＰが足りてないからメッセージがまだ送られないのでは、とのこと。

――まさか、『収納』のレベルアップ並みのＫＰが必要とか言わないよね？

そう思ったら、なんか気が遠くなってきた。

帰り際、青年から「髪、伸びましたね」と言われた。会社の苦手な上司だったらセクハラ～、なんて思っただろうけど、そこそこいい感じの青年に言われると、素直に嬉しいって思ってしまった。


ログハウスに戻るためにトンネルを抜けた途端、猛吹雪に見舞われた。

「え、なんでっ⁉　家出る時、天気よかったのに⁉」

慌ててワイパーを動かす。目の前が真っ白すぎて、スピードを出す勇気はない。

ヘッドライトをつけながら進んで行くと、徐々に雪はおさまった。ログハウスの敷地に入る頃にはすっかり雪もやんで、空に浮かぶ雲が夕日で赤く染まっている。

「こっちの天気も読めないなぁ」

私はログハウスの前に車を停めると、玄関のドアを開けて荷物を置いていく。

消費期限の早そうな食料品の他、洗剤やティッシュ、トイレットペーパーなどの消耗品。それと新たに買ったのは、自分で組み立てるタイプの木製のローテーブル。そろそろ、キャンプ用のミニテーブルから卒業したかったのだ。

そして、長持ちしそうなもの、稲荷さんが分けてくれた真空パックしたジビエの肉や、アルコール類は貯蔵庫へしまい込む。最近はハクたちが獲ってくる角ウサギをシチューなどの煮込み料理にするのがマイブームになりつつあるので、それに合わせて、普段はあまり飲まない赤ワインを多めに買ってきた。

大量に買い込んだガーデンライトは、道具類を置いている小屋に箱ごと置いておく。これの設置作業は明日以降にでも天気がよければ、少しずつやっていくつもりだ。

最後に竹籠を取り出し、ログハウスの中へ。

暖炉のそばに置いている古龍の卵をブランケットごと抱き上げ、竹籠に入れた。

――うん、悪くない。

思わず、いい子いい子と撫(な)でてやる。卵だから何の反応もないけど、なんとなく、機嫌がいいように感じるのは気のせいだろうか。

買い出しから戻ってきた翌日、さっそく、地道に敷地周りの手入れに勤しんだ。

まずは、中途半端(ちゅうとはんぱ)になっていたガーデンライトの設置。

トンネル側の道に沿って挿していったのだけれど、草刈りをしながらだったので、半分も進まなかった。

結局、トンネル側を全部やるだけで、四日ほどかかってしまった。

この道沿いにも何かしらの木を『植樹(しょくじゅ)』しようかとも思ったのだけれど、そのたびにKPが消費されるのを思い出して我慢した。『収納』のレベルアップに加えて、『地図』アプリも欲しいと思っているので、なんとかＫＰを貯める方向で頑張ることにしたのだ。

ありがたいことに、精霊たちによる自然増加やビャクヤたちが狩ってくる魔物の残骸などもあって、ちょこちょこ貯まってきている。私一人だったら無謀な値でも、そのうちいけるんじゃないか、と思えてきた。

ガーデンライトの設置を終えた日の午後、ログハウスの前で折り畳み椅子に座り、休憩している私。お茶の入ったマグカップとこの前スーパーで買ってきたお煎餅をミニテーブルに置きつつ、タブレットを確認中。

ＫＰを貯めるために、今の私が自力でできるのは、周辺の草刈りくらい。

「でも、『収納』のＭＡＸの機能を考えてみれば、そう簡単にいくわけないわよねぇ……」

時間停止の上に、容量の収納制限なし。普通に考えても、ありえない機能なのだ。

そう思ったら、あまり『収納』に拘らずに、まずは魔道コンロ購入への道を模索すべき、と頭が切り替わった。

「この前買ったカセットコンロ用のガスボンベ、そろそろ在庫が怪しいもんなぁ」

また買いに行けばいいけれど、家にいて毎回カセットコンロを使う、というのがいまだに違和感がある。それだけ、設置式のガスコンロに慣れていたんだろう。

そもそも、魔道コンロというもののイメージが湧かない。便利そうというだけで、実際はカセットコンロと大差ない可能性もある。

「それを確認するためにも、こっちの町に行って実物を見てみないことにはねぇ」

ふとタブレットから目を離し、ログハウスの中にある古龍の卵のことを考える。

そして、この前の季節外れの雪のことを思い出す。すでにかなり暖かくなってただけに唐突すぎて、もしや古龍の卵が関係してたりしないわよね、という考えがよぎったのだ。

「ねぇ、あの雪を降らせたの、あなたなの？　それとも古龍？　もしそうなら、止めてくれない？　あんな猛吹雪じゃ、事故起こしかねないからさ」

不満げに文句を言ったところでこの卵が返事をするわけじゃないけれど、言わずにはいられなかった。

いや、胎教というのがあるくらいだし、卵が理解している可能性もあるかもしれない。

今度、遠出をする時は、卵に一声かけて様子をみよう、と思ったのであった。

＊　＊　＊　＊　＊

卵を通じて怒られたと感じた古龍は、いじけて洞窟の奥の方へと潜り込んでいた。

渡した卵によって、せっかく五月(さつき)の気配を感じられるようになったというのに、突然、ぷつりと切れてしまうことが続いたのだ。もしや再び五月がいなくなったのではないか、と不安な気持ちが抑えられなかった。

「そんなに怒らなくてもいいではないか……」

古龍が洞窟から出られないのは、いまだに魔力のコントロールが上手(うま)くいかないせいだ。稲荷(いなり)に言われてから、抑え込もうと意識しているのだが、思った以上に抑えられていない。

実は長い間眠りにつきつつも、その間の成長とともに魔力が増大してしまって昔以上にコントロールが難しくなっているのだ。

「ううう、早く、五月に会いたいのぉ」

五月に会うために必死になっている古龍なのだが、そんなことを五月は知るよしもない。

＊＊＊＊

気が付けば、ログハウスの敷地内の、四隅にあった果樹がかなり大きくなっていた。

梅の木はすでに花の時期が過ぎ、桜の木にはピンクの花がちらほら咲き始めている。

一方で、湧き水側の道沿いの桜の木は、まだそれほど大きくなっていない。せいぜい私の背丈と同じくらい。それでも、ポツポツと蕾があるので、咲き始めたら道沿いがきれいなピンク色になるだろう。

ゆっくりと周囲を確認しながら、桜の木が並んだ山道を下りていく。今日はシロタエがそばにいない。静かな山の中だけに、ガランガランと鳴るカウベルの音がかなりうるさく感じる。

整地してあるものの、私もビャクヤたちもあまり通っていないので、まだ地面が柔らかい気がする。ここにも砂利なり、地面を固める砂なりを撒いたほうがいいのだろうか。

山道を下りきると、私は森の中に道を作っていく。

タブレットで『ヒロゲルクン』の『地図』を確認すると、すでに自分の山を表示している範囲から出てしまっていた。ここから先は、目視でできるだけ前に進むしかない。

草刈りをしながら『伐採（ばっさい）』をして、どんどんと進んでいく。

やっと森の外れに来たのか、うっすらと前方が明るくなっている。

もうすぐだ、と思ったら気持ちが逸（はや）る。

「おお～」

森の木々がきれて、目の前には緑の草が少し生えだした平野が広がっていた。左手の少し離れた所には、山の中の湧き水が浸み込んで再び地上に出てきたと思われる小さな川が、もっと大きな川へと流れ込んでいるようだ。

草刈機を地面に置いて、川の方を眺める。はるか先の空は少し靄（もや）っている。

――この川沿いにでも町があったりするのかな。

山から下りる道が出来たこともあり、さっそく町でも探しに行くか？　と思ったけれど、見える範囲には目印になるものが見当たらない。

「地図がないと不安だわ」

思わず言葉が零（こぼ）れる。

平野をただ突っ走るだけじゃ方角もわからないから、川沿いを車で走ることも考えた。スマホに方位磁石のアプリでも入っていれば、少しは方角が分かるかとも思ったけれど、この世界で使えるのかが未知数。念のため、後で入れておくつもりではある。

森の入り口付近には平野に向かう道らしい道もない。雑草や石がゴロゴロしている中を、軽自動車で走るのは、やっぱり嫌だ。

これはマウンテンバイクみたいなので走るほうが現実的なんだろうか。自動二輪の免許でもあれば、オフロードバイクで走れそうだけれど、持ってないし。あ、でも50ccとかなら乗れるのか？

「スーパーカブで平野を走るとか、絵面的には面白そうだけどね」

この平野の移動方法は改めて考えないといけないかも、と思った。

「ちょっと稲荷さんにでも相談しようかな」

軽自動車以外の足になるモノを手に入れなくてはと思うと同時に、やっぱり地図が欲しいと痛感する。そのためにもＫＰを貯めなきゃ駄目だ。

今までだってマメに草刈りで出たゴミをＫＰに変換してたけど、本気でこの山全部、草刈りしまくらなきゃ駄目なんだろうか。

ため息をつきながら斜め掛けしているバッグからタブレットを取り出す。

「うん？　もしかして、自然増加分が増えている？」

昨日、確認した時よりも増えている。

そういえば、道沿いに桜を植えて、精霊たちを敷地から外へと分散したし、ガーデンライトも増やしたから、それで増加量も多くなった？

「……だったら、草刈りだけじゃなく、木を増やしたら」

『植樹』のところでＫＰを使うけれど、それはその場限り。『植樹』をすることで精霊が増えて、彼らからのKPが継続的に増加していくのなら、結果的にプラスになるはずだ。

「それに、タブレットを使わずに『植樹』すれば、KPを使わずに済むはずよね」

何を植えるのがいいのか、ちょっと考える。

果樹もいいけど、木材に使えそうな木もいいかもしれない。単純に綺麗な花が咲くバラもいい。

「そうか、別に木にこだわらなくたって、植物なら土の精霊たちもお手伝いしてくれるわけだし。そうだ。ハーブってどうなんだろう」

ハーブの中でもミントは地植えするとめちゃくちゃ増えると聞いたことがある。

他にもローズマリーとかラベンダーとか、そういうのを植えるのもアリかもしれない。


翌日、さっそくホームセンターに苗木を見に行くことにした私。

念のため古龍の卵には、帰ってくるんだから雪とかやめてね、と告げておいた。これが効果があるのかは微妙だけど、何事もやらないよりはやっておこう、という感じだ。

ホームセンターには色んな種類の苗木があった。お値段もピンからキリまで。

果物であったらいいなと思うのは、みかん等の柑橘類。梨もいいかもしれない。考えただけで、涎がでそう。あちらの土地でちゃんと育つのか心配だけれど、精霊たちが頑張ってくれたら、なんとかなりそうな気もする。

結局、今回は一旦ハーブを諦めて、みかん、栗、梨、桑、ブルーベリー、オリーブの苗木を一本ずつ買ってみた。

あちらの環境でどう育つのか予想できないけれど、とりあえず敷地内で様子を見ることにした。

それに加え、バラの苗木を買ってしまった。まだ蕾もない苗木なんだけれど、値札に添えられた見本の画像に、心惹かれてしまったのだ。

一つ目は周りが白で中心になるほど黄色になるもの、二つ目は周りが濃いピンクで中心が白、そして三つ目は綺麗なサーモンピンク。

どこに植えるんだ、と自分でも内心突っ込んだけど、買いたくなったのなら、買うしかない。

そして土を固める砂を十袋ほど買ってみた。湧き水側の道を少しは固めることができるか試してみる。これも土の精霊にお願いしたら、効き目がよかったりしないだろうか。

帰り際にキャンプ場の管理小屋に寄って、稲荷さんに中古のバイクがないか聞いてみた。

さすがに、管理小屋にはないとのことだったけれど、知り合いにバイク好きな人がいるらしく、その人に聞いてくれるらしい。

――それは、普通の人間なんだろうか。

そんなことを考えたのが伝わったのか、稲荷さんが笑いながらキャンプ場の常連さんだと教えてくれた。

「バイクで旅でもするんですか?」

「あー、そうですね。軽自動車じゃ、石とかで傷だらけになりそうなんで」

「そうですねぇ。でも、バイクかぁ……(まぁ、ホワイトウルフたちもいるし……でも、大丈夫かなぁ)」

「自動二輪の免許はないんで、50ccので」

「スクーターですか。あの土地をスクーターで走る姿は、なかなかシュールですね」

「あー、やっぱり、そう思います？」

「まぁ、聞いてみるだけ聞いてみますよ」

稲荷さんからまた真空パックされた猪肉と鹿肉を分けてもらった。最近はビャクヤたちから角ウサギを分けてもらうことが増えたので（暖かくなったこともあり、頻繁に見かけるようになったらしい）、猪肉たちはほぼ貯蔵庫行きになっている。

トンネルを抜けたところで待ち構えていたのは、しとしとと降る雨だった。

「あ、今日は雪じゃない」

雪で戻れないより、だいぶマシだ。

敷地に着く頃には雨はやみ、夕焼けで空が赤く染まっていた。


先日買った果樹の苗、ログハウス前のウッドフェンス付近に苗を並べて置いたら、私の背と変わらないくらいに大きくなってしまった。

——土の精霊、張り切りすぎでしょ。

さすがに買ってきた時の黒ポットのままというわけにもいかない。

ちょうど敷地の池の排水口の水の流れ沿いを『伐採』していた時に、少しばかり平坦な場所があったので、そこを『整地』して果樹用の敷地にした。広さはログハウスの敷地の三分の一程度。

水の流れを挟んで湧き水側に、みかん・栗・梨・桑、トンネル側にブルーベリー、オリーブを植えた。もう果樹園と言ってもいいだろう。

特にブルーベリーは二品種以上ないと実が生らないというのを後から知って、慌てて四株ほど追加で買ってきた。調べてみたら、挿し木でも増えるらしいので、上手くいったら、ブルーベリーだけの敷地を作ってもいいかもしれない。

正直、それぞれの果樹の特性や育つ条件があるんだろうけれど、今回は土の精霊頼みで育ててみる。上手くいったらラッキーだ。

バラの苗木はトンネル側の出入り口に植えてみた。

こちらもかなり育つのが早く、小さな苗木だったはずが、たった数日で私の腰の高さくらいまで育っていてびっくりした。蕾もぷっくりと膨らんできていて、いつ咲いてもおかしくない。綺麗に咲くようだったら、同じバラの苗木を買ってバラの道を作ってもいいかもしれない。


苗木の作業が一通り終わった翌日、私は再び、ビャクヤの背に乗って山頂の方へと向かった。ログハウスの敷地の裏手にある斜面を確認するためだ。前に見た時は、悲しいくらいの裸状態だったけれど、今はどうなっているのか心配だったのだ。

そろそろ暖かくなったので、ビャクヤたちは山頂の彼らの巣に戻るのかと思ったのだが、やっぱり妊婦であるシロタエのことを考えて、しばらくはうちの厩舎（きゅうしゃ）で生活するとのこと。

ちなみに、今日シロタエは厩舎でじっとしている。そろそろ生まれてもおかしくないらしい。ハクとユキは、せっせとシロタエとお腹（なか）の子たちのために食べ物を獲りに行っているそうだ。

なので、今日のお供はビャクヤだけだ。

「うわわわわあっ」

凄いスピードで山の斜面を駆け上っていくビャクヤ。

なんとかしがみついているけれど、落ちたら一巻の終わりだ。

「び、ビャクヤッ、もうちょっと、スピード」

『あ、遅かったですか、では』

「ち、ちがうぅぅぅっ！　落として、もうちょっと、スピード、落としてぇぇぇぇっ！」

緑が濃くなりつつある山の中に、私の叫び声が響き渡る。


叫びまくって疲れ果てた私だけど、山頂から見える景色に目をみはり、無言になる。

細長くぽっかりと空いた、裸の山肌。周囲の木々は春らしく緑が芽吹いているというのに、四カ月近く経っても、黒ずんだ土地のまま雑草すら生えていないし、枯れた木々はそのままだ。

「あれが、ブラックヴァイパーの影響の跡なんだね」

『ええ。瘴気のせいであの周辺は新たな芽吹きはないのです』

「そういえば、何十年とか何百年とか、前に言ってたっけ」

私の山であのままの状態というのは、なんか悔しい。

「ねぇ、あれ、放置してたからそのままってだけで、私が『整地』したら、草が生えてきたりするかなぁ」

『……どうでしょう（精霊の愛し子である五月様なら、あるいは……）』

「よし。とりあえず下りてみよう。あ、その瘴気とかって私たちに影響があったりする？」

『いえ、（五月様がいらっしゃるなら）大丈夫でしょう』

「じゃあ、お願い」

私とビャクヤは、一気に山の斜面を駆け下りる。さっきまで、ギャーギャー言ってた私だけど、今は無言になってしまう。

立ち枯れした木々の場所に行ってみると、思った以上に広範囲だったのがわかる。山頂から見えたのは、どうも一部だけだったようだ。

「もしかして、あれ、ずっと続いてるってことよね」

『そうです。ヤツがどこから来たかはわかりませんが、この跡を見る限り、北の方から移動してきたのでしょう。おそらく、ヤツが通ってきた場所はこの状態になっていると思われます』

「……酷いね」

立ち枯れしているのは、ちょうど谷になっている場所。うちの山の斜面もかなり立ち枯れしてはいるけれど、反対側の山の斜面にも影響が出ているようだ。

私の立っている場所から見える範囲、それもかなり先まで立ち枯れしているのがわかる。私はタブレットを取り出し、『ヒロゲルクン』の『地図』で確認すると、ここはギリギリ地図の範囲内のようだ。当然、対面の山の斜面は範囲外。

「それでも、見えるところがこんなんじゃ、嫌よね」

まずは自分の山の範囲で枯れている所を片付けることにする。立ち枯れしている木々をどんどん『伐採』し、切り株を『収納』。それを繰り返していく。

「やだ、もう日が暮れてきた」

谷間にあるから日差しが遮(さえぎ)られるせいもあって、暗くなるのも早い。

「もう一回、いや、二回くらい来ないと駄目かな」

『そうですね』

地図を見ると、まだ半分も進んでいない。

「せっかく整地するんだったら、ここでも何か育てられないかしら」

『よろしいのではないですか。（愛し子の）五月(さつき)様が植えたものでしたら、精霊たちも手伝いましょう』

「そうだった。そしたら、こっちにも精霊が分散してくれるわよね」

『はい（そうすれば、こちらの木々も活性化するでしょうね）』

せっかくなら拠点みたいなのがあってもいいかもしれない。

『収納』にはさすがにログハウス並みの材料はないけれど、小さな小屋くらいなら建てられそうかも、と思った。


次の日、朝から立ち枯れの場所へと向かう。今回はビャクヤの背中にしがみついても声を出さなかった。けして慣れたわけではないが、これから先どうするかを考えながら乗っていたら、あっという間に着いてしまったのだ。

「……ここまで来る道も考えなきゃね」

毎回、ビャクヤ頼みというわけにもいかない。せっかくなら、バイクで通えるような道があってもいいかもしれない。『ヒロゲルクン』の地図を見ると、トンネル側の道から谷の方へと抜けられそうだ。

今日はこの場所でキャンプの予定。念のため立ち枯れで出来た空地の周辺をウッドフェンスで囲っていく。

トンネル側の道に繋がりそうな場所だけ空けて、ウッドフェンスを作って置く。念のためタブレットで『鑑定』してみたら、これにも結界の機能がついていた。ありがたい。

ちなみに、このウッドフェンスに使っている木は、立ち枯れの木ではない。立ち枯れの木はそもそも選択できないようになっているようだ。『収納』で見てみると、『廃棄』一択らしい。

谷に沿った形になるから、ログハウスの敷地よりも少し細長い感じだ。そしてドア付きの小屋も設置。テントを張ってもよかったんだけど、万が一、魔物が来た時とかに逃げ込む場所としては、テントじゃ心もとないと思ったのだ。

最後に大事な簡易トイレは、ログハウスの敷地から『収納』して持ってきた。お風呂は我慢できても、トイレは無理だ。

拠点が出来てからは、ほぼ無言で『伐採』『収納』を繰り返す。

「はぁ、とりあえず、ここまでっと」

午前中のほとんどを拠点作りに使ってしまったので、他の立ち枯れの木の後始末は全然進まなかった。

そして今、ハクとユキが後から追いかけてきたこともあって、ビャクヤは周辺を見回りに行っている。

小屋に戻るとドアを開け放ったまま、『収納』からリュックを取り出す。これにキャンプ道具一式を入れてあるのだ。ミニテーブルに折り畳み椅子。焚火（たきび）の準備もしておく。

今日のお昼は朝から作ってきたお弁当。梅干しおにぎりと、おかずには卵焼きとベーコンだ。

『さつき～』

『さつき～』

ハクとユキが目の前でお座りしている。

「わかってるよ」

ビャクヤへのおやつのつもりもあって、今日は『収納』に猪肉の真空パックをいくつか入れてきた。パックから猪肉を取り出していると、目をキラキラさせながらも、ちゃんと『待て』ができている二匹。舌から涎を垂らしている。

ポンと渡したらむしゃぶりついた。

喜んでもらえて何よりだ。

食事を終えた私は、さっそく立ち枯れの『伐採』の続きにとりかかった。

黙々と続けていると、気が付けばビャクヤが戻ってきていて、ウッドフェンスの近くでお昼寝をない。

ツの袖をまくり上げている。山の中とはいえ、木陰がないこの土地では、もう帽子も必要かもしれ

見上げると、青空が広がっている。日差しもだいぶ強くなってきていて、今の私は長袖(ながそで)のTシャ

「まぁ、いい天気だしね」

していた。

日が傾いてきたのか、空の色が黄色く変わっている。そろそろどうかな、と、『ヒロゲルクン』の地図を確認してみる。一応、うちの土地の範囲の『伐採』は終えられたようだ。でも、この先もまだ立ち枯れの場所が続いている。

しかしここから先は、他所(よそ)様の土地だ。

「ただでさえKP使っちゃったんだし、これ以上はごめんなさい」

そう呟(つぶや)いて、振り返る。

「あ、あれ?」

夢中だったからか、いつの間にか、拠点の入り口が見えない場所までやってきていた。山の斜面の形に沿って土地が緩やかにカーブをしているせいもあるだろう。

「一気に『整地』するには、かなりKPかかりそうだし。仕方ない、ウッドフェンスの中だけ『整地』しようか」

私はのろのろ拠点へと戻りながら、周囲の様子を窺(うかが)う。ビャクヤたちが周辺を見回っているおか

げなのか、獣や魔物の姿は見られない。

拠点の敷地に戻ってみると、なぜか、小屋のそばから水が染み出てきていた。

「え、なんでっ⁉　まさか、水の精霊⁉」

ログハウスの敷地でいきなり水が溢れ出したのも、水の精霊のせいだった。

このままじゃ、ミニテーブルや折り畳み椅子が濡れてしまう。

「え、スコップとかないんですけど……あ、『穴掘り』すればいいか」

慌ててタブレットを出して『穴掘り』を選択。直径1mくらいの深い穴が出来てしまった。たぶん、深さは2mくらいだろうか。じわじわと水位が上がってきている様子に、そのうちいっぱいになってしまいそうな気がしてくる。

「えと、えと、周りに石を敷き詰めて、と……水路はどうしよう……あー、水路が準備できるまで、水を溢れさせないとか、精霊さん、できないのかな？」

目に見えない相手にどうかと思ったけれど、言わずにはいられない。

『おお、魔力をたっぷり含んだ水が湧いてきましたね』

『これ、おいしいの』

『ねー！』

いつの間にか戻ってきたビャクヤたちが、私の背後から覗き込んでいた。

「ちょうどよかった！　ねぇ、精霊にこれ以上水を増やさないでって、伝えてくれない？」

『大丈夫です、ちゃんと伝わってますよ』

「えっ」

ビャクヤが水源の方へと目を向けるので視線を追うと、あと10㎝くらいで溢れそうというところで、水位が止まり、小さな池ができていた。

「あ、ありがとう。はー、よかったぁ」

思わずそんな言葉が漏(も)れて、そのまま折り畳み椅子に座り込んだ。

翌朝、ひんやりした空気の中、コーヒーと苺のジャムをたっぷりのせたパンケーキを食べた。

ジャムと言えば、ブルーベリーを思い出す。苗木はすっかり大きくなっているけれど、ちゃんと実を生(な)らせてくれるだろうか。たくさん実が生るなら、そのうち自分でジャムを作ってみたいものだ。

食事を終えて敷地を見る。池から水はもう溢れてはいないので、昨日濡れていたところは乾いている。ふと、目の前で寝ている二匹に目を向ける。

「ハク、ユキ」

『なぁに?』

『どうしたの?』

今日はこの二匹だけだ。ビャクヤは昨夜のうちにシロタエのもとに帰っていった。

「この池のところから、線を引くから、そこを貴方たちの足で、溝を掘ることできる?」

『みぞ?』

『あなほり？』

「そうそう、あんまり深くなくていいんだけど、できるかな」

遊び半分な雰囲気で頼んでみたら、猛スピードでホリホリし始めた。

深さは20㎝くらい。いやはや、子供の集中力は凄い。あまり綺麗ではないけれど、私が枝で書いた細い線に合わせて、ちゃんと穴掘りをしてくれた。線の先は、山からの出入り口とは反対側の出口まで。そこから先は、水流に乗って削られていけば、そのうち、あの排水口の流れのようにそれっぽくなるだろう。

「お～、きれいに引けたね……じゃあ、水の精霊さん、少しずつ流してくださいな～」

私の言葉に合わせるように、ちょろちょろっと、水路に水が流れだした。

「おおおっ！　精霊に言葉が通じてるっぽい～！」

その様子に感動しつつ、私はタブレットを取り出す。そして『ヒロゲルクン』を立ち上げると、この水路の両脇を範囲指定して『整地』を選択する。

「ぽちっとな」

ぽぽぽぽんっと地面がならされて凸凹(でこぼこ)が綺麗になくなり、水路を挟んで両サイドがきちんと平らになってくれた。切り株を『収納』したことでできた穴も、ちゃんと埋まってる。後は、もう少し踏み固めれば、だいぶマシになるはず。

『すごーい！』

『でこぼこがなーい！』

「ちょ、ちょっと、ハク！　ユキ！」

目の前で、平らな地面に変わったことに興奮しだした二匹は、そう言って喜んで走りだした。

——また凸凹になるんだけどっ！

「もうっ！　落ち着きなさーいっ！」

夢中になっている二匹には、私の言葉は届かなかったもよう。

後で、迎えに来たビャクヤに二匹が叱られたのは言うまでもない。


立ち枯れの土地を『整地』した翌日、ホームセンターに行って、色んなハーブの苗を買ってきた。

まだ『整地』をしていない凸凹のままになっている跡地のほうに、繁殖力が強いというハーブ（ミント、オレガノ、タイム、レモンバーム、ローズマリー）を、少し間隔を空けて植えることにしたのだ。土の精霊がどこまでやってくれるかはわからないけれど、これで少しでも緑が増えてくれたらいいな、と思う。これらは料理にも使えそうだし、ある程度増えてくれるなら、ドライハーブにでもしたいところだ。

一方でウッドフェンスの内側の敷地のほうには、ラベンダーの苗と、ローリエ、ユーカリの苗木を植えてみた。ローリエもユーカリも大きく育って、いい木陰を作ってくれるようになったら嬉しい。


立ち枯れの後始末がついた頃、ログハウスの桜が満開になった。それと時期を合わせたかのように、ビャクヤとシロタエに三匹の子供が生まれた。くーんくーんという鳴き声の可愛いこと、可愛いこと。

大きなシロタエに比べて、生まれた子供は豆柴サイズ。ハクとユキも可愛いけど、このサイズ感からも、赤ん坊のほうがだいぶ可愛い。

それと時を同じくして、ついに、古龍の卵にヒビが入った。

気が付いたのは、厩舎で赤ん坊の三匹を可愛がっていい気分でログハウスに戻ってきたお昼頃。

「……何が生まれてくるんだろう」

私は暖炉の前、テーブルの上に卵入りの籠をのせて、じーっと見つめる。

ヒビが入ったのに、まだ壊れない。コッコッと必死に出てこようとしているけど、殻のほうが強固なようだ。

まだ時間がかかりそうなので、その間に私は昼食の準備をすることにした。

作り始めたのはホットサンド。マヨネーズを薄く二枚のパンに塗り、千切りキャベツとハムと目玉焼きを挟んでホットサンドメーカーで焼くことしばし。その間にコーヒーをいれる。

ホットサンドメーカーから取り出すと、香ばしい匂い。皿にのせて、コーヒー入りのマグカップとともにテーブルの上へと持っていこうと目を向けると。

カツンカツンッ

カツカツカツッ

ガガガガッ

「ぴぎゃぁぁぁぁっ」

卵が完全に割れて、中から黒い小さなドラゴンが甲高い鳴き声をあげながら現れた。

黒い鱗が艶々していて綺麗なのだけれど、私がイメージしていたドラゴンとは、ちょっと違った。

ファンタジーでカッコいいドラゴンのイメージとは違って、なんというか、昔見た、ゴ〇ラに出ていたミ〇ラのような、もちもちっとしたフォルム。赤ん坊だから、なのだろうか？

ぴぎゃぴぎゃと鳴き叫ぶチビドラゴンに、慌てて手にしていたマグカップと皿をキッチンカウンターに置く。

どたばたと動き出して、籠から這い出たかと思ったら、すってんころりんと、テーブルから転がり落ちた。

「ぴぎゃぁぁぁっ」

再び高音の叫び声に、思わず耳を塞ぐ。

まさに超音波。窓ガラスまで振動させている気がするくらいだ。

「し、静かにしてぇぇっ！」

「ぴぎゃぁぁぁぁっ」

チビドラゴンの叫び声にかき消されて、私の叫び声は届かなかったもよう。

＊　＊　＊　＊　＊

やっと、でられた！

ずっと、そとにでたかったのに、めのまえのなにかが、じゃまをしてだしてくれなかった。

なかにいるあいだときどきかんじていた、あたたかいなにかと、こわいなにか。

そして、とおくにかんじる、ずっとかすかにつながっていた、ちからづよいなにか。

そとにでたことで、そのなにかと、ようやくしっかりとつながった。

『生まれたか』

『はいっ！』

『五月(さつき)と共にあれ。もうすぐ私もそばに行く』

『さつき？』

そういわれて、ぴぎゃぴぎゃないているぼくを、こわごわふれようとするなにかにめをむける。

——ああ、あのあたたかくて、こわかったのは、コレか。

「し、静かにしてぇえっ！」

「ぴぎゃぁぁぁぁっ」

ぼくは、うれしさでこえをあげつづけた。

二章

精霊とチビドラゴン

桜が満開の頃にチビドラゴンが生まれて、ログハウスの中はかなり賑やかになった。

ムチムチの身体のせいなのか、羽が小さいせいなのか、まだ空を飛ぶことができないらしく、何かというと抱っこを要求される。重さとしては、普通に人の赤ん坊くらいじゃなかろうか。けっこう重い。

これを抱えて山仕事はできないので、麻袋を使ってリュックを作ってみた。自力で飛べるようになるまでの一時しのぎなんで、我慢してもらう。文句も言わずに、いそいそと自ら入るんだから、気に入ってはいるんだろう。

ちなみに、チビドラゴンの魔力はかなり強いらしく、ビャクヤたちは早々に山頂の巣に戻っていった。三つ子たちともっと戯れたかった。残念。

三つ子とチビドラゴンの名前については、保留中。下手に名前を付けたら、全員が従魔になったりしそうなので、稲荷さん待ちだった。

その稲荷さんが、軽トラで中古のスーパーカブ（ヘルメット付き）を持ってきてくれた。

「ずいぶんいいヤツじゃないですか」

昔のドラマで見たような、ラーメン屋さんが配達で使っていそうなのではなく、車体は黄色に白。

I Bought a Mountain
Living in another world isn't bad either.

なんか、ラブリー。山の中の道を走って傷つけるのがもったいない気もするけど、仕方ないか。

「ほら、前に言ってたバイク好きの常連さん。元は姪っ子さんが乗っていたらしいんですけど、その子が車買ったらしくて乗らなくなったそうでね」

「え、でも、まだ新しくないですか？」

「駐車代がかかるらしくてね」

そういうものなのか？　と思いつつ、この敷地であればお金はかからないし、ありがたく頂くことにする。代金は毎月の入金から差し引くとのこと。今、手元にあまり現金がないので助かる。

「それにしても、このチビ助は、ずいぶんと魔力が濃いなぁ」

私の背中にいるチビドラゴンの顔を覗き込んでいる稲荷さん。

「そうなんですよ、おかげでビャクヤたちが山頂に行っちゃって」

「ああ、そういえば、赤ん坊が生まれたってね」

「そうです！　そうです！　もうもこもこで太い足とか、すんごい可愛いんですけど、このチビドラゴンのせいで」

「ぴぎゃあ！」

「ちょっと、うるさいっ、ああ、もう、暴れないでよ」

私が文句を言ったせいか、チビドラゴンが背中で暴れだす。チビとはいえドラゴン、力が強くて、こっちも必死になってしまう。

「こらこら、あんまり望月様を困らせると……（お前の主に怒られるぞ）」

「ぴぎゃっ⁉」

稲荷さんが何かを言ったようで、急にチビドラゴンが大人しくなった。

「はぁ。もう、こんなんだから、毎日疲れちゃって」

「あははは」

「そういえば、これに名前とか付けてもいいんですか？　その……古龍から預かってたってだけですし、下手に名前を付けて問題になりません？」

「うん？　構わないと思いますけどねぇ（むしろ、付けてやったら喜ぶというか）」

「従魔になったりしません？」

「このチビ助が望めば、なっちゃいますよ（絶対、なるだろうな）」

「ええぇぇぇ」

「なんで、嫌がるんです」

稲荷さんは笑うけど、ドラゴンというだけで面倒見るのが大変そう。今は赤ちゃんだろう、という考えだけで牛乳をあげてはいるけれど、1ℓのパックがあっという間になくなってしまうのだ。

とりあえず『クロ』『ネロ』『ノワール』と呼んでみたら、『ノワール』に反応して、あっさり従魔になったのは、言うまでもない。


今日も私は草刈り&道作りに勤しんでいる。

今作っているのは、立ち枯れの拠点（ほぼ名称確定）に向かう道だ。

毎回、ビャクヤの背を借りて山頂経由の移動は、怖いし、申し訳ない。特に今はチビドラゴン、ノワールのせいで接触すら難しい。

そのノワールは、今はお留守番という名のお昼寝タイム。さすがに、毎回あれを背負って草刈りは遠慮したい。従魔になったおかげで、私との会話もなんとか通じるようになったので、比較的言うことを聞いてくれるのは助かる。

それと。

『くさかり、くさかり、たのしいなぁ～』

『つちをならして～』

『みちをつくって～』

最近、幻聴が聞こえるようになった。

小さな子供のような声が聞こえるのだ。最初の頃こそ、コソコソッと何か聞こえる？　程度だったのが、ここのところ、けっこうはっきりと聞こえるのだ。

そして、時々、黄色や白や青の小さな光の玉が浮いているのが見えるようになってきた。

何度か目をこすってみても見える。

特に顕著なのが、ログハウスの敷地の中。少し前までは、うすぼんやりとしていたのだけれど、今ではかなりしっかり見えているような気がする。

この草刈り最中の騒音の中でも、聞こえてくるし、周りをふわふわ移動する光が目に入ってくる。

「はぁ……目と耳の病気かしら……」

『いとしご、びょうき？』

『いとしごが、びょうき？』

『なんだって⁉』

ぽそっと呟いた私の声に、すぐさま反応するいくつもの幻聴。

いや、もう、これはきっと。

「もしかして、精霊？」

『あたり～！』

『せいか～い！』

『ねぇ、びょうきはぁ？』

わいわい、ぎゃあぎゃあ、キャッキャ……

騒々しさが、倍増、いや倍増どころではない。

「う、うるさぁぁぁぁいっ」

目をつぶって、思い切り叫んだ私。再び目を開いたら。

「わぁぁぁっ！」

目の前が光で溢れていて、前が見えないっ。

「なに、なに、これ、やだ、なにこれぇぇぇぇっ」

『散らばれっ！』

いつの間に来たのか、ビャクヤの怒鳴り声が聞こえた。それと同時に、凄い勢いで光が離れてい

く。

『五月様、大丈夫ですか』

「び、びゃくやぁぁぁ」

思わず、ビャクヤに抱きつく。

『お前ら、もう少し、加減というものを考えろっ』

『だってぇ～』

『なぁ？』

『やっと、いとしごがきづいてくれたんだよぉ？』

『うれしくなっちゃって』

『なぁ？』

『なぁ？』

『……それでもだ！』

ビャクヤが光の玉と会話をしている。私にはただの色とりどりの光の玉にしか見えないけれど、ふやふや浮いているそれが、ビャクヤに絡んでいるように見えるから不思議だ。

「や、やっぱり、それって精霊なのよね？」

『そうです。やっと見えるようになられましたか』

「……うん、見えちゃうし、聞こえちゃう」

『わーい』

『わーい』

『わーい』

――わーい、じゃないわいっ！

あんなふうに目の前がチカチカと光でいっぱいになってたら、何もできない。もしかして、ログハウスの敷地にも実はあれぐらいいいたのだろうか。

そう考えたら、ちょっとだけ、ゾッとした。

そりゃあ、シロタエが分散させてほしいって言うわけだ。

「本当に、もっと精霊の居つく場所、作らないと駄目なんじゃ……」

私が遠い目になったのは、仕方がないと思う。


精霊の声が聞こえるようになったことの利点として、相互理解が進んだことが一番だろう。

まず最初にお願いしたのは、私のことを『いとしご』と呼んでいたので、『さつき』と呼ぶようにしたことだ。そもそも『いとしご』って何なんだ、という話である。

そして、この山という土地柄のせいなのか、土の精霊をよく見かける。一番多いのは、やっぱりログハウスの敷地の中。次に湧き水側の道に植えた、桜並木周辺にも多くの光が見えた。

その次が光の精霊。ガーデンライトもお気に入りのようなのだが、意外にソーラーパネルにもへばりついている子たちがいて、びっくり。

そして水の精霊は案の定、池の周辺に密集していた。排水口から流れ落ちる水でできた小川にも多くの精霊がいた。

他に風の精霊がいるらしいんだけれど、この敷地には風が吹き込んでこないせいか、その姿をまだ見たことがない。もっと山の高いところとかにならいるのかもしれない。

それにしても、敷地の中の精霊たちの多いこと。結界の中にうじゃうじゃいるのが、外から見てもわかるくらい。彼らのおかげで、ＫＰの自然増加があるんだろうけど、もしかして、手持ち無沙汰な精霊もいるんじゃないか、なんて思ってしまった。

とりあえず、私が『整地』したところにも多くの精霊の姿があることから、できるだけ山の中をメンテナンスしていく必要があるんだろうな、と、ちょっと思った。

立ち枯れの拠点への道は、あと少しでつながる。そんな私を応援しているのが精霊たちである。

『がんばれ～』

『もうすこし～』

『あとちょっと、あとちょっと』

実際、草刈りしつつ足元を『整地』するのは思った以上に面倒だった。しかし、これを作らないと立ち枯れの拠点まで自力で行けないのだから、仕方がない。

「お？　もしかして、抜けたかな」

拠点の裏手に出たようで、ウッドフェンスと同時に、出入り口も見えた。

「やったぁ～！」

私は大喜びだったんだけれど、精霊たちの先ほどまでのテンションはいきなり鳴りを潜めた。特に土の精霊たちが、低空飛行。

「うん？　どうした？」

『む～、しょうきのにおいが～』

『まだのこってる～』

「え、そんな匂いしてる？」

私もくんくんっと匂いを嗅いでみるけれど、まったく感じない。むしろ、木や草の匂いが充満している。ビャクヤたちからもそれらしいことは言われてなかったから、精霊特有なのだろうか。

「さっきまでは平気だったじゃない？」

『さつきといっしょだと、きにならなかった～』

『でも、ここまでくるときつい～』

「そういうもの？　うーん、どうしたらその瘴気のニオイが消えるのかな」

『さつきがいれば、すこしはましなの～』

『さつきのもってくるこたちがいると、すこしはらくなの～』

もしかして、私が買い込んできている植物たちのことだろうか。

「とりあえず、中に入ろう」

私は草刈り機を『収納』すると、ウッドフェンスの中へと入った。

拠点の敷地に入った途端、精霊たちが復活した。

『ほうっ！　ここはいい！』

『だいじょうぶっ！』

『あ、みずのが、もうきてるっ！』

確かに、二、三個、青い光の玉が、池の周りを飛んでいる。でも、それだけだ。

「なんで？」

『うん？　なんで？』

「あ、いや、ここも私が『整地』した場所なのに、ログハウスの敷地と比べると、明らかに精霊さんたちの数が少ないなぁと」

『あー』

『まー』

『ねー』

「何よ」

『だって、しょうきのにおいがきついから～ここまではこんじょうのあるやつしかこれないよ～』

「こ、根性なの？」

『こんじょう！』

『こんじょう！』

『どこんじょう！』

どっかで聞いたことがあるような言葉だけど、まぁ、それは置いておこう。

「じゃあ、ここで私がもう少しメンテナンスしたら、少しはマシになるのかな」

『めんてなんす～』

『さつきといっしょにだったら、これるやつもいる～』

『たんどくではむり～』

「なるほど……それで、ここまで来られれば、ここの敷地にも、もう少し精霊が増えるのかしら」

『たぶん？』

『おそらく？』

『かもね～？』

敷地の地面は、『整地』した状態のままで、雑草はまだ生えていない。

植物と言えるのは、この前植えたラベンダーやローリエ、ユーカリだけだ。枯れたりはしていないけれど、精霊がいないせいか、極端に成長している様子はない。

私は『収納』で持ってきていた如雨露（じょうろ）を取り出して、池から水を汲んだ。

「無事に大きくなってね～」

『まかせろ～』

返事をしたのは、一緒についてきていた土の精霊たち。

「あ、いや、ほどほどでいいからね」

『ほどほど？』

「そう、ほどほど。ゆっくりでいいから枯れないようにね」

『わかった～』

ウッドフェンスの中は結界が機能しているおかげか、精霊たちは自由に動き回っている。中でもいくつかの光の玉は、私の周りを元気に飛び回っている。

しかしウッドフェンスの外、ハーブ類を植えた側に私が出ると、猛スピードで中に戻っていった。

「そこまで？」

思わずつぶやき、笑ってしまう。

肝心のハーブはどうなったか様子を見ようと探してみたのだけれど、黒い土が広がるばかりで、どこにも見当たらない。

確かに、凸凹のままで、土の状態がいいとは言えなかった。しかし、繁殖力が強いハーブたちだったのに、見事に枯れてしまったようだ。

「私が『整地』してないから瘴気が残ってるのかな。土壌汚染ってやつ？　だから、元に戻るのに時間がかかるって言ってたのかな……」

確かに立ち枯れの木がたくさんあった状態の時は、気持ちのいい感じではなかった。でも木を伐採して地面だけの状態にしたら、それほど感じなかったのに。

「だから、精霊たちがニオイがキツイとか言うのかな。それにしても、ミントも駄目になるとか。目に見えないのに怖いなぁ。もしかして、ここの植物とか口にしたらあかんヤツだったり⁉」

慌てて立ち枯れの拠点の敷地に戻る。何かしらヤバければ、鑑定結果に出てくるはずと思って、ラベンダーやローリエ、ユーカリをタブレットで『鑑定（かんてい）』する。

「……大丈夫そうね」

ちゃんと『食用可』がついていてホッとする。

そして再び、ウッドフェンスの外に目を向ける。

「うちの山の分だけでも、『整地』したほうがいいのかなぁ」

『地図』アプリの入手と念願の収納MAXが遠のくと思ったら、思わず空を見上げてしまった。


次の日もホームセンターにやってきた。目的は、もう一度ハーブの苗を買うためだ。

繁殖力の強さを信じて植えたのに、まさか全滅になるとは思いもしなかった。今回は同じことが起こった時に備えて、ミント、オレガノ、タイム、レモンバーム、ローズマリー、それぞれ二株ずつ買うことにした。

カゴに苗を入れながら、つい目に入った大きめの素焼きの鉢。今度は地植えするのではなく、この鉢ごと地面に入れてみたらどうだろうと思って買ってみた。ログハウスの敷地の土を使って様子を見るつもりだ。

他にも面白そうな苗木がないか、売り場を見て歩く。あの瘴気の土を『整地』以外で、なんとかするようなモノでもあればいいけれど、見てわかるものでもなし。

「あっ」

果樹の苗木のコーナーで、柿の木の苗木を見て思い出した。

ログハウスの敷地にある梅と柿、桜を『鑑定』した時には、『結界機能』と『浄化機能』がついていた。あれは、私が口にした種を植えたモノだった。一方で『ヒロゲルクン』に追加されたリストの果樹には同じ機能はなかった。

だったら、同じように私が食べた果樹の種で苗を育てたら。

「浄化してくれるんじゃない？」

それに気づいた私は、ホームセンターでの買い物を終わらせると、種のある果物を探しにスーパーへ向かう。

最初に目に入ったのは、スーパーの野菜コーナーで山積みになっているアボカドだった。

「果物ではないけど、これも木に生るヤツよね」

実に入っている種は一つしかないけど、試してみてもいいかもしれない。

「あとは……うん？　びわ？」

これは、少しお値段がお高めだ。しかし確か種は複数あったはず。これなら苗木を増やすこともできるかもしれない。

はっさくやオレンジなんかもある。これにも、種は入ってるんだろうか。

果物を選び終えると、今度はノワール用の牛乳、ハムやソーセージ、チーズも数種類、ツナ缶やオイルサーディンの缶詰、それにビールやチューハイも買った。飲んべぇみたいな買い物になってるけれど、気にしない。

他にも、試しに粉ミルクなんかも買ってみる。ノワールがこれを飲んでくれたら、だいぶ楽なのだが。

「もう少ししたらあっちも暑くなるわよね。やっぱり、ポータブルでも冷蔵庫買ったほうがいいかな」

貯蔵庫も確かにひんやりして保存にはいいけれど、この夏がどれだけ暑くなるのかは予想がつかない。

「ポータブル電源だけじゃ、足りないかも」

どうしたものか、と思いながら私はレジに並んだ。

ログハウスに戻り、美味しく果物を食べた後、さっそく種を植えてみた。

翌朝には芽が出た苗（今回も土の精霊たちのおかげだろう）を『鑑定』した結果、びわとはっさく、オレンジの種から生えてきた苗には浄化の機能がついていた。一方のアボカドは普通のアボカドのまま苗になってる。何が違うのか。

「うーん、一旦丸ごと食べてから、口から種を出したくらい？」

さすがにアボカドの種ごと丸々食べるのはちょっと、と思うので、機能のことは気にせずに普通に敷地で育ててみることにした。四隅は埋まっているので、ログハウス正面のウッドフェンスの真ん中辺りに植える予定。

びわやはっさく、オレンジの苗は、まだ5㎝くらいの高さしかないので、もう少し大きくなってから植え替えるつもりだ。

それよりも、ハーブだ。

前回は地植えが全滅だったので、二株ずつ買ってきて、一株はログハウス脇の畑の土を鉢に入れて、そこに買ってきたハーブを植え替えた。これを鉢ごと地面に埋めてみることにしたのだ。

一方で、『整地』した土地であれば、本当に植物が育つのかも確認したいので、残った一株のほうは地植えにする予定。

後で浄化機能のある苗を植えるにしても、『整地』すれば問題ないのか、ちゃんと根付く条件を把握しておきたいのだ。

『さつき～、きょうもおでかけ～？』

いつもならログハウスでお昼寝しているノワールが、今日は私の足にまとわりついている。

出かける準備をしている私の方へ、まだ空を飛べないノワールが、部屋の中をトテトテと四つ足で歩いてくる。その姿は、なかなかかわいい。

「そう、ちょっとハーブを植えに行ってくるわ」

『いっしょにいっちゃ、だめ～？』

下から見上げてくるつぶらな瞳（ひとみ）。ミ○ラの愛嬌がにじむその姿に簡単に陥落。

「はぁ……じゃあ、リュックに入っててくれる？　さすがに両手は空けておきたいから」

『やったぁ～』

そういって喜んだノワールは、自分用の麻袋のリュックをいそいそと咥（くわ）えて、靴を履（は）いている私のところにやってきた。

「はい、じゃあ、入って」

『は～い』

すでにかなりの重さになっているノワール。しかし、世のお母さん方はこれくらいの赤ん坊を抱えて歩いてるのだろう。そう思うと、凄いと思う。

体力増強だと思ってノワールを背負って、立ち枯れの拠点へと向かう。スーパーカブで向かいたいところなのだけれど、新たに作った道はまだ地面が柔らかい。もう少し踏みしめるとかして固くなってからじゃないと、車輪で轍(わだち)が出来てしまうだろう。

「着いた〜」

汗だらだらになりながら、簡易小屋の前に立つ。

私が歩いている間、ノワールは大人しくしていてびっくり。初めてログハウスから出た上に、敷地からも出たからか、周囲の景色に夢中だった模様(もよう)。頭だけリュックから出して外を見ていたようだ。

そういえば、精霊たちも静かだった。いつもなら近くにいるビャクヤたちの姿もない。

ノワールのせいなんだろうか。

「これ、魔物とかは寄ってこないってことよね。でも、人はどうなんだろ？　私は全然何ともないんだけど……」

この調子だと町探しにもついてきそうだし、また稲荷(いなり)さんに確認しておかないといけないかもしれない。

簡易小屋のドアを開け放ち、その中にノワールを下ろす。

初めての場所だから、ノワールも小屋の中に興味津々。そんなに広い場所でもないから、トテトテと中を歩き回っている。その間に敷地の中を見回す私。

ラベンダーやローリエ、ユーカリは枯れてはいない。成長速度はやっぱりログハウスの敷地ほどではない。でも、枯れてないだけマシだ。

タブレットから『収納』していた如雨露を取り出し、水やりをする。ここに備品としてもう一つ置いておくのもいいかもしれない。

「それよりも問題はあっちよね」

私は如雨露をしまうと、敷地の外に向かう。

ウッドフェンスの外は、相変わらず草一つ生えていない。池から流れ出る水は途中までいって地下に浸み込んでしまっているようだ。もっと水量があれば違ったのかもしれないけれど、水の精霊に抑えてもらっているからこんなものなのかもしれない。

「さてと、まずは鉢入りのやつを植えてみるかな」

素焼きの鉢に植え替えたハーブたちを『収納』から取り出す。

水の流れを中心にして拠点から見て左側に、ミント、オレガノ、タイム、レモンバーム、ローズマリーを１ｍ間隔で穴を掘って鉢ごと植えてみた。

「そしてここを『整地』」

鉢植えから少しだけ離してから、１ｍ四方を『整地』する。

その真ん中にハーブの苗を地植えしていく。そのまま育つかどうか、瘴気の影響力でどう変わるかがわかるだろう。

水を挟んで反対側にびわやはっさく、オレンジを植えるつもりなのだが、まだ苗が若すぎて、すぐに枯れる可能性も捨てきれない。もう少し育ってから挑戦してみよう。

『さつき～』

拠点の敷地の中からノワールの呼ぶ声がした。

「あいよ～」

振り返って見てみると、ノワールが勝手に小屋から出てきてしまったようで、敷地の出入り口の所で止まっている。

「どうした～？」

『む～。くさい～！』

「うん？」

『そっち、くさくて、や～』

ジタバタと足踏みしている姿は、コミカルでなんとも笑いを誘う。しかし、チビドラゴンにもこの瘴気のニオイは臭いと感じるようだ。

両手を上げて抱っこを求める姿に、私はクスクス笑いながらノワールのもとへと向かう。抱き上げると、土だらけの足の裏をはたく。

「はいはい。そんなに臭いの？」

『うん。なかではかんじなかったけど、ここまでくるとくさい～』

鼻の辺りに皺を寄せるノワール。

これから先、精霊を増やすことや、ノワールを連れてくることを考えると、早いところ、この瘴気をなんとかしないといけないだろう。

「それには、びわとはっさく、オレンジの苗の浄化次第ってところなんだろうけど」

まずは苗が成長してもらわないことには、と思ったのであった。


ハーブを植えて二、三日後。今日もノワールを背負って立ち枯れの拠点に向かう。

——背中の羽は飾りか！

そう言いたいところだが、それを生やしている本体が、なかなかに立派な体格だから仕方がないのか。のんきにキャッキャと喜んでいる姿に呆(あき)れながらも笑みが浮かぶ。

ひーはーと息を上げながら、立ち枯れの拠点にやってきた。

小屋の中にノワールを下ろして、周囲を見渡す。たいした日数が経(た)っていないから、ウッドフェンスの中の様子はあまり変わらない。それは一方で、まだまだ精霊の力が弱いということを意味するんだろう。

実際、この敷地にいる精霊の数は多くないので、視界は良好ではある。

敷地に植えた木々に水をやってから、ウッドフェンスの外に出てみる。私の後を追いかけてきたノワールは、敷地の出入り口で止まった。まだニオイがキツイのかもしれない。

「おっ」

鉢植えのハーブも『整地』した場所に地植えしたハーブも生き残っていた。

やっぱり『整地』してあれば、他の植物もちゃんと育つのだろう。ただ、そのたびにKPが消費されてしまうのが痛い。

ハーブたちにしっかり如雨露で水をやる。濡れた葉がキラキラと日の光に輝いていて、ちょっとだけホッとする。

「やっぱり、土そのものに問題があるってことかな」

浄化の効果のある苗木を植えたら少しは変わるかもしれない。

水の流れの反対側、まだ何も植えていない場所に移動して、『収納』からびわ・はっさく・オレンジの苗木を取り出した。

ログハウスの敷地で育てたおかげで、すっかり私の腰くらいの高さまで成長していた。

まずは凸凹だった土地に、1m四方に『整地』した場所をいくつか作る。そこを『穴掘り』で少し深めに穴を掘って苗木を植えた。

植え終えた苗木に水をやる。ゆっくりと浸み込んでいく様子に「ちゃんと育ってね」と声をかける。

『だいじょうぶよ～』

『わたしたちがめんどうみるし～』

「そう？　よろしくね？」

小さな光の玉たちが、苗木の周りを飛び回る。さっきよりも数が増えている気がする。

『さつき、ごはん！』

相変わらず敷地からは出てこないノワール。あの子が気にせず出てこられるようになるまで、どれくらいかかるんだろうか。飛べるようになるほうが早いかもしれない。

「あいよ～」

凸凹の地面を踏みしめながら、私は拠点の敷地へと戻った。

ここ数日、大きく天気が崩れることもなく、のどかな日々が続いている。そのお陰か、植えた木々もすくすくと育っている。

ログハウスの敷地に植えていた桜の木には、小さなさくらんぼの実が生り始めている。

そして梅の木にも、かなり大きくて丸々とした緑の実が生っている。数としては、20個にも満たないだろう。でも、小さな瓶(びん)があれば梅シロップくらいは作れそうだ。梅干しも作ってみたいところだけど、あれはあれで手作業が多いと聞いた覚えがある。

ただ予想外に木が大きく育ってしまって、脚立でもないと採れない場所になっている実が多い。

「うーん。高すぎて採れない。まいったなぁ」

『さつき、どうしたの?』

『どうしたの～?』

光の精霊と土の精霊の光の玉が、私の周りをふよふよ舞いながら聞いてくる。

「梅の実がね～」

『うめのみ～?』

「うん、高いところにあって採れないから、どうしようかなって」

ホームセンターで脚立を買ってくるしかないかな、と悩んでいたら。

『だったら、ぼくがおとしてあげるっ』

『わたしもっ！』

『え、ぼくも、ぼくもっ！』

いくつかの声が聞こえたかと思ったら、ビューンッと強い風が吹いた。

「うわっ⁉」

『ちょっ！』

『うぎゃーっ！』

『やっほーい！』

バラバラバラッと、たくさんの葉とともに梅の実が落ちてきた。地面には何も敷いていない状態だから、思い切り地面に激突してる。

「うわっ！　傷ついちゃうじゃんっ！」

慌てて地面に落ちて転がるのを拾っては、タブレットに『収納』していく。やっぱり、いくつかには傷がついてしまった。

「はぁ。そんなに大きな傷にはなってないから、大丈夫かな……って、誰よっ！　こんな風吹かせたのはっ！」

『かぜのやつだよっ！』

『ばかじゃんっ！』

『……だってだって！』

『だってだってだって！』

今まで気が付かなかったけど、緑色の光の玉のいくつかが、ぷるぷると震えながら集まって固まってる。

『だって！　ぼくらだって、さつきのおてつだいしたかったんだもんっ！』

緑の光の玉の一つが、大きな声をあげた。

『それだって、げんどってもんがあるだろ』

『そうよ、そうよ』

『……むぅ、ごめん』

他の精霊たちに叱られて、小さくなる緑の光の玉。

「まぁ、まぁ、まぁ。いいわよ。いいわよ。大きな傷がついた実はなかったし。それで、あなたは？」

『ぼくたち、かぜのせいれいっ！』

『もっとおてつだいしたかったの！』

「……もしかして、薪（まき）でお手伝いしてくれてた精霊？」

『そう！』

『そうよ！』

風の精霊は嬉しそうに答えると、私の周りを飛び回り始める。

――まぁ、かわいいから、いっか。

この後、まだ残っていた梅の実を一つずつ採ってもらうことにした。今度は私の手元に直接運んでもらったのは言うまでもない。


まだ異世界のほうは、そこまで暑くはなってはいないものの、やっぱり冷蔵庫が欲しい。

その冷蔵庫を常時動かすことを考えると、今のポータブル電源だけでは、パワーが足りない。

一応、電源をとる口は二つあるけど、洗濯機と同時に使ったらアウトだと思う。少しお金がかかっても、もうワンランク上のものを買っておいたほうがいいはずだ。

それに脚立だ。風の精霊が果物の実を採ってくれるというけれど、小屋やログハウスの屋根の上などで、メンテナンスが必要になった時にあったほうがいいかな、と思ったのだ。

食料品や日用品も合わせると、他にも色々と買うものがいっぱいだ。

ノワールも買い物について行きたがったけれど、こちらのモノは持っていけないと稲荷さんにも言われている。万が一連れていって、トンネルの中で消えるなんてことにでもなったら、そう想像しただけでも怖くて連れていけない。

幼いノワールが理解できるかわからなかったけれど、私はなんとか説得を試みた。

『わかった』

「わ、わかってくれた?」

『むぅ。こりゅうさまが、がまんするっていうから、ぼくもがまんする』

「うん？」

なんか、私の耳がおかしくなったか？

「今、古龍様って言った」

『いった。もうちょっとしたら、こられるから、ぼくもがまんする』

――古龍が来る？　まさか。

『さつき、はやくいって、はやくかえってきて』

「あ、いや、そのぉ、古龍はいつ来るのかな？」

いきなり来られても、困る。

いや、そもそも、どれくらいの大きさなのだ？

ドラゴンのイメージなんて、某怪獣映画しかない。

『うーん、わかんないっ』

首を傾げるノワールは可愛いけど、言っている内容は、全然可愛くない。

「さ、さすがに、今日は来ないわよね？」

『うん、まだきたのおやまにいる』

「北のお山……北の山って、どこよ。あー、もう、こういう時に『地図』のアプリが欲しいっ！」

『すっごい、とおくだよ』

「そうなのね、すっごく、遠くなのねっ」

それがどれだけ『すっごく』なのかは、わからないけど、今日の今日、ってことはないはずだ。

「とりあえず、稲荷(いなり)さんに相談しておこう。大きさも聞いておかないと……って、そうか、ノワールは古龍と連絡とってるんだから……ノワール」

『なぁに、さつき』

「あのね、古龍にね、いきなりは来るな、って伝えておいて」

『うん？』

「こっちもね、その、出迎える準備っていうものがあるしね」

『うん』

「そもそも、そのぉ、古龍の大きさがわかんないし、この家の中……いや、敷地に入りきる大きさなのか、わかんないじゃない？」

『うん、ぼくもわかんない』

「だよねー」

このログハウスで生まれたんだから、古龍の大きさなんてわかるわけがないか。

すでにノワール自体が赤ん坊だったわりに、そこそこ大きい。それよりもずっと長く生きている古龍がどれだけ大きくなっているか。昔の特撮映画の怪獣が空に浮かんでいるイメージを想像して、ゾッとする。

それにそんな大きなモノが飛んで来たら、（未確認だけど）近くの町や村から様子を調べに誰かしらやってきそう。

「と、とにかく、いきなり来られるのは困るのと、大きい身体だとうちじゃ受け入れられないって、伝えておいて」

『うん？』

「じゃ、買い物、行ってくるわ！」

ノワールの反応から、ちゃんと古龍に伝わるかは微妙だけれど、言うだけは言った。

「真面目（まじめ）に稲荷（いなり）さんに相談しなきゃ」

私は渋い顔になりながら、三つ小屋が並んでいるうちの、トンネルへ向かう道のそばの小屋から軽自動車を出すと、さっそくあちら（日本）へと向かって走り出した。

そろそろ梅雨入りの時期のせいなのか、ホームセンターに着いて車から降りてみると、蒸し蒸しとして暑かった。あちら（異世界）は山の中だからなのか、明らかに気温や湿度が違うのを実感する。

まずは脚立を購入するつもりだったのだけれど、軽自動車に入りきるサイズはなかった。小さいのならあったのだが、ログハウスの屋根までとなると、使えそうもない。これは稲荷（いなり）さん案件とすることにした。

その代わり、ポータブル電源はゲットした。今使っているものよりも、大容量。延長ケーブルも買った。

今までは必要な時だけソーラーパネルで充電してたので（使うのはスマホやＬＥＤライトの充電、それに洗濯機を使う時くらい）、出し入れがちょっとだけ面倒だった。

それを今回は、ソーラーパネルを出しっぱなしにして、延長ケーブルで室内のバッテリーに繋いで冷蔵庫専用のバッテリーにしてしまおうと思うのだ。

正直お高かったけれど、これはもう仕方がない。

そして念願の冷蔵庫！

当たり前だけど、大きな3ドアとかは買えない。その代わり、冷凍庫付きの小さい冷蔵庫をゲットした。これで氷が作れるし、アイスクリームも保存できる。

そして、大きめのガラスの瓶を何個か買う。これで梅シロップが作れるかな。それにジャムも作って保存できる。

「あっ、忘れてた！」

ジャムと言ったら、苺。

慌てて苺の苗がないかと植物の売っているコーナーへと行ってみたけれど、時期が悪いのか、売っていなかった。

「くぅっ、残念」

とりあえずスマホで苺の苗を植える時期を調べる。どうも秋頃がいいらしい。地植えよりもプランターのほうが苺を傷めないで済みそうだ。

「残念。じゃあ、ブルーベリーが生ったら、それでジャム作るか」

ブルーベリーの苗木は、すでに大きくなっている。たぶん、ログハウスの敷地の池から流れてくる水のおかげもあってなのか、果樹園辺りは水や土の精霊たちの力が効いているようだ。実が生るそれに、びわやはっさくでもジャムは作れるだろう。あっちは土地を浄化しながらだから、すぐに実が生ってくれるかは微妙か。でも、あそこも精霊たちが頑張ってくれている。

――そういえば、異世界（あちら）で暮らして半年になるけれど、在来の食べ物で口にしたのは魔物の肉くらい。異世界（あちら）特有の果物は食べたことがないかもしれない。

薪のための『伐採』や道を作ったりしている間は、食べられるモノを探すなんて余裕もなかった。戻ったらもう少し周辺を見て回ってみてもいいかもしれない。

ホームセンターの後は食料を買うためにスーパーに向かった。苺、苺、と言ってたものだから、ついつい苺と練乳を買ってしまった。

次に梅シロップのために、氷砂糖を大きめな袋で一袋。たぶん、全部は使い切れないだろう。

ノワールのために牛乳も十二本購入。一応、粉ミルクも飲んではくれるけど、あんまり好きではないようで、飲むペースが明らかに違う。これればかりは仕方がない。最近は固形物も口にするようになって、時々ビャクヤが届けてくれる魔物の肉も食べるようになったのは助かった。

一通り食料を買い込んだ後、キャンプ場の管理小屋へと向かう。

稲荷（いなり）さんに脚立の相談をするついでに、古龍のことも聞かなくては。

「こんにちは～」

「こんにちは。稲荷（いなり）ですよね」

「はい、いらっしゃいます？」

すっかり顔見知りになったスタッフの青年に、いつものように案内されて椅子に座る。

「今、ちょっと出てるんですけど、もうそろそろ戻るはずです」

そう言って、お煎餅と一緒に冷たい麦茶を出してくれた。

——もうそんな時期か。

一口飲んで、麦茶も作らなきゃ、と思った。

せっかく小さいながらも冷蔵庫を買ったのだ。次の買い出しでは、麦茶のパックを買ってこよう。

「望月様、お待たせしました」

ちょうどお煎餅に手を伸ばそうとしたところで、稲荷さんが戻ってきた。

「あ、こんにちは」

「今日は何か？」

近所の老夫婦の家の農作業の手伝いに行ってたらしい。

「あのですね」

まずは脚立のことを話した。私の軽自動車では運ぶのが難しい、と言ったら、稲荷さんが買ってきてくれることになった。

「助かります」

「いえいえ。でも、今後もそういう大物の買い物が増える可能性も考えて、軽トラ購入も検討されてはどうですか？」

「そうなんですけど……バイク買ったばっかですしね」

「中古でよければ、また探しておきますよ？」

「あ、いえ、うーん」

正直、貯金の残高を考えると、勇気がいる。

その話をしたら、分割もできるようにしておく、とまで言われてしまったので、素直にお願いすることにした。

「それと、古龍のことなんですけど」

「えっ。あの方、また何かやらかしました？」

「いや、まだ、やらかしてはいないですけど」

ノワールから古龍がやってくる可能性を聞かされ、そもそも古龍の大きさって？　という話になった。

「確かに、あの方だったら、そのままの状態で来てもおかしくはないですね」

「そもそも、そのままの状態っていうのが、想像できないっていうか」

「まぁ、そうでしょうなぁ」

「あの、どれくらい、大きいんです？」

んー、と考える稲荷(いなり)さんに、思わず、ゴクリと喉(のど)を鳴らす私。

「そうですねぇ……アメリカで作られた怪獣映画、見てます？」

「いいえ。ＣＭなら見ましたけど」

「アレくらい？」

「……はい？」

「いやぁ、全体像は見たことがなくてですねぇ。何せ、会ったのは暗い洞窟でしたし」

「はぁ」

「まぁ、あの頭の大きさから、アレくらいかなぁ、と」

思わず、あんぐりと口を開けてしまった。

「そんなのが、うちに？」

「羽を持っていらっしゃるんで、飛んできてもおかしくないかもしれませんな」

まいった、まいった、なんて笑顔で言う稲荷さん。

そんなデカいのが飛んでくるなんて、山自体が潰れそうではないか。

——何、軽いこと言っちゃってるのっ⁉

「でも、ノワールが来るかもって言ってたんですよねぇ？」

「え、ええ」

「じゃあ、ノワールに古龍様に伝えるように言ったらいいじゃないですか、大きい身体で来られたら困るって伝えてって」

「は？」

「だから、大きい身体で来られたら、家にあげませんよって伝えれば？」

「……それって、身体の大きさ、変えられるってことです？」

「まぁ、古龍っていうくらいですし、魔力駄々漏れするくらいですし、できるでしょ」

——いやいや、知らんがな。

それは異世界の常識なんだろうか。

とりあえず戻ったら、まずはノワールに、古龍に『小さいサイズで来てください』と伝えるように言おう。

帰り際、稲荷さんから壺に入った梅干しを貰ってしまった。農作業を手伝いにいった老夫婦から分けてもらったのだそうだ。

「ありがとうございます。これで梅の木が増やせそうです」

「……はい？」

「一度試してみたんです。梅干しの種。それで苗ができたものだから、敷地に植えたんですよ。そしたら、この春に梅の実まで生ったんで、もう少し増やしてもいいかなぁ、と。新しい梅の実は梅シロップ作る予定なので、種を取り出すのはもう少し後かなぁ、と思ってたんでラッキーです」

「……いやいやいやいや」

「？」

「普通、梅干しの種から、芽出ませんって」

「はい？」

「それよりも梅の木なんてありましたっけ？　全然、気にしてませんでしたが」

「ありますよ？　薪小屋の裏手に」

「気付きませんよ！　そんな場所！」

確かに、小屋が三つ（薪小屋・倉庫・車庫）も並んでいては、目につかないかもしれないか。

「でも、実際、実が生ってますし」

「……はぁ（これは、あれか、元聖女ってのもあるのか？　いや、あちら（異世界）特有なのか？）」

「なんです？」

「いえ、あの、でも、本来ですね？　塩分のせいもあって育たないはずなんです。本来は」

「……異世界って凄いですね」

「……ソーデスネ」

もしかして、さくらんぼや柿の木も？　と思ったけれど、言わないでおいた。稲荷（いなり）さんが、すでに遠い目になってるし、下手に言うとあーだこーだと言われそうな気がしたのだ。

さくらんぼの種から育った木の花も見たし、実も生ってるし、よしとする。うん。

「それじゃ、軽トラ、お願いします」

「……ええ。いいのがあったら、ご連絡しますよ」

「よろしくお願いします」

稲荷（いなり）さんにそうお願いすると、軽自動車に乗りこんだ。

種の話をしたせいか、今日買った果物や野菜の種のことを考えながら、私は帰り道を急いだ。

翌日、新たに購入したソーラーパネルを、既存の物の前に並べた。

なんだか、ちょっとした太陽光の発電所みたいだ。その後、延長コードで室内に設置した新しいポータブル電源に繋ぐ。次に小型冷蔵庫の電源コードを繋ぐけど、充電ができてないから、まだ動き始めない。

外は、快晴とはいかないまでも、青空は見えている。

「光の精霊さんたち、よろしくね」

『はーい。まかせて～！』

ぽそっと呟いただけなのに、すぐさま反応してくれる精霊たちに、心の中で感謝する。

前から持っているソーラーパネルとポータブル電源。これも光の精霊たちのおかげで、曇りの日でも十分充電できていたのを彼らから教えてもらった。きっと新しいのにもお力をいただけるに違いない。

しばらくすれば、冷蔵庫も使えるようになるだろう。そしたら、冷たい飲み物や要冷蔵なものの保管もできるようになるに違いない。

ちなみに古龍については、ノワールから伝えてもらうことに成功した。

もし来るんだったら、身体を小さくしてから来てください、そうじゃなきゃ、受け入れ拒否しますから、と。

『わかったって～』

「……ほんとに伝わってるんだろうか」

『だいじょうぶじゃなーい？』

ノワールの言葉に不安を感じながらも、いつ来るかわからない古龍の受け入れについて考える。

ノワールみたいな大きさだったら、一階でも十分かもしれないけど、もし、ビャクヤたち並みの大きさだったら、厩舎を使ってもらうしかない。最近、ビャクヤたちは山頂の巣からこっちに来ることがないので、今は誰も使っていないのだ。

念のため、厩舎を確認しにいくと、すっかり綺麗な状態になっている。これなら、大丈夫だろう。

そして、午後からはキッチンで梅シロップ作りだ。

この前集めた梅の実を『収納』から取り出す。黒いヘタを一つずつ取り除いてから、ボウルに移してしっかり梅を洗う。量は多くないからそれほど時間はかからない。サッと水気をきってからペーパータオルで水分を拭き取り、ざるに移しておく。

新しく買ってきた瓶を熱湯で殺菌してから、梅の実と氷砂糖を交互に詰め込んでいけば、準備は完了。あとはシロップができるのを待つだけだ。

小型冷蔵庫に入れるには少し大きいので、貯蔵庫でしっかり保存。ここだったら一定温度だし、精霊たちのおかげでカビもできない。

――早く梅シロップ、できないかなぁ。

そう思いながら、貯蔵庫のドアを閉めた。

「あとは～、他の果樹も確認しないとか」

果樹園も立ち枯れの土地のほうも、苗を植えてそれほど時間は経っていないけど、土の精霊たちのやる気は凄い。

もしかしたら果樹園のほうは実が生っている木があってもおかしくはない。そういえば、それぞれの果樹の旬っていつ頃なんだろう。

「普通に生で食べてもいいけど、ジャムも捨てがたい。あ、ドライフルーツって手もあるか」

ちょっとワクワクしながら、ログハウスへと戻った。


翌日、果樹園に行ってみると、先に植えておいた木々がすでにけっこうな樹高になっていて、ブルーベリーと桑（マルベリーともいうらしい）には実が生っているのを確認。土の精霊たちに感謝。

立ち枯れの拠点の果樹のほうは、残念ながらまだそれほど育ってはいない。浄化のほうに力がもっていかれるのだろうか？　ゆっくりでもいいので、しっかり浄化してくれるといい。

ハーブ類も思ったほどに成長速度は早くない。精霊の力があまり効かないのか、あるいはこれが本来のペースってことなんだろうか。どちらにしても、ハーブ類がある側にも浄化の機能のある果樹を植えてあげたほうがいいだろうと思い、梅を育てることにした。

一日一個、梅干しを食べては種を出し、それを黒ポットへ。土はログハウスの脇の畑の土で、池の水をたっぷりかけたからなのか、ちゃんと芽が出た。

――さすが異世界クオリティ。

ちなみに最近の畑の野菜の育つペースは、以前よりもペースダウンしている。土の精霊たちがかなり分散したせいだろう、と勝手に思っている。でもこれくらいのほうが、忙しなくていい。

そういえば先日、脚立を持ってきてくれた稲荷さんが、梅の木を確認していった。

「……なんとも、さすが（異世界と元聖女）ですな」

「すごいですよね（異世界って）」

黒ポットから生えている梅の木の芽を見て、今度は深いため息。最後には、生えたんだったらいいんじゃないですか、と、投げやりになっていた。

中古の軽トラについては、稲荷さんの知り合いの中古車業者を紹介してくれることになった。どうせなら一緒に見に行かないか、とのこと。上手くいけば、そのまま買って乗って帰ってくれば、なんて言ってくれるから、その案にいそいそとのることにする。

今の私がすることと言えば、この山のメンテナンスだけだから、スケジュールなんて、あってないようなものなのだ。

三章

私の山を守ろう

今日はスーパーカブに乗って立ち枯れの拠点へ向かった私。いつの間にか、土の精霊たちが道の土を固めてくれたようで、スーパーカブでも通れるようになっていた。運転してても、ガタガタしなくていい。

——地面がもう少し固くなってたらいいのにな。

つい漏れた独り言が、こういう結果を導いてくれたと思うとありがたい、と思うと同時に、不用意なことを言っちゃいけないかも、とも思った。

浄化のための梅の苗木をどんどん植えていき、気が付けば『ヒロゲルクン』の『地図』の範囲のギリギリのところまで来ていた。ここで山に挟まれて谷になっている土地の部分はもう終わりだ。

その先は、この時期になっても荒れ果てた茶色の平地が広がっていた。その中で黒ずんだ地面は瘴気に侵された土地らしく、明らかに周囲とは違っている。どれだけの距離を、ブラックヴァイパ——は進んできたんだろう。

「でも、ここから先は人様の土地だからね。仕方ないやね」

ぽつりとそう呟くと、私は背中を向けて拠点へと戻ろうとした。

「……○▼%$＊○◇?（なんだ？　子供か？）」

いきなり、聞いたことのない言葉が聞こえて、慌てて、周囲を見渡す。すると、うちの山ではなく、隣の山の木々の間から……小汚いぼろきれのような服を着た大柄な男が現れた。

本来なら、『第一異世界人発見！』なんて言って盛り上がるべきところなんだろうけれど、残念ながらそんな気持ちにはなれないほど、男の様子は怪しすぎた。

こちらに移住してきて半年以上経つけれど、自分の山からまともに出たことはなかった。

反対側の裾野の先の川原近くまでは行ったけど、人家の影はなかったし、きっと最寄りには村も町もないのだろうと思っていたのだ。

すごく機嫌が悪そうな男が、山の斜面を下りてこっちに向かってくる。

「※△！　◇●×$#○%$＊○※！（おい、お前、なんでこんなところにいるっ）」

それに、何言ってるか、さっぱりわからない。

――もう、怖いんですけどっ！

私は慌てて男に背を向け、拠点に向かって走り出す。

「※△！　○%$！（おい、待てっ！）」

なんとなく、待て、と言われている気がするが、待つわけがない。

腰のカウベルがガランガランと盛大に鳴っているけど、そんなのを気にする余裕はない。

ウッドフェンスの中に駆け込むと、スーパーカブにまたがり、エンジンをかけようとしたところで背後に目を向ける。

「あ、あれ？」

あの体格だったら下手したら捕まるかもと覚悟してたんだけど、男の姿がない。

「どこ行った?」

私はウッドフェンスの中から外へと目を向けるが、肝心の男の姿は見えない。どういうことだろう?

『さつき、どうした?』

『なんか、すごいおとがしたから、みにきたよ』

いつの間にか、私の背後にハクとユキが来ていた。彼らの姿を見て、ホッとする。

「はぁ……ハクたちか。なんか、小汚い男に追いかけられたんだけど、それが今はいなくて」

『うん?』

『ねぇ、アレじゃない?』

ユキの言葉に、目を向けたのは、うちの山とは立ち枯れの敷地を挟んで反対側、隣の山の斜面。そこを小汚い男が走ってきている。

「なんで、あんな走りづらそうなとこを」

『けっかいはってるから、はいれないんじゃない?』

「え? 結界?」

『うん。さつきがうえたき、けっかいはってるよ?』

「あっ」

そういえば浄化の機能ばかり考えてて、結界の機能もついていたのを忘れてた。

「……そうか。ちょうど両サイドに果樹を植えてるから、結界で囲われてたのかな」

『そうそう。さつきがゆるさないかぎり、だれもはいってこれないよ』

「精霊は？」

『……はっててもふえてるのしってるじゃん』

「そうでした」

男はガンガンと何もないところを殴(なぐ)っているけど入れないもよう。でも、立ち枯れの拠点の裏口（トンネル側の道へ向かう方）から先には、結界を張れるような果樹は植えてない。

「スーパーカブなら、逃げ切れるかな」

『さつき、ぼくらにまかせろ』

『そうよ。わたしたちもつよくなったんだから！』

「え、ちょっと、危ないよっ」

私が止めるのも聞かず、吠えながら飛び出すハクたち。

それに気付いた男は、慌てて山の奥の方へと逃げていく。

「ハク！　ユキ！　いいわ！　放っておいて！」

私の叫ぶ声で、ハクたちは少しして戻ってきた。

「ありがとうね！　助かったわ！」

『フフフ、ぼくたちだったら、あんなのおいはらうのなんてかんたんさ』

『そうよ！　……でも、このあたりにひとがくるなんてへんね』

「……そうなの?」

『うん、ひとのすんでいるばしょは、ちかくにはないよ。もっととおいとこにあるんだって』

『そういえばそうだったな』

「なんで、ハクたちはそんなの知ってるの?」

『とうさまといっしょに、えものをとりにいったときにおしえてもらった!』

自信満々に答えるハクの姿に、先ほどまで緊張した状況だったのも忘れて、思わず笑ってしまう。

物騒な男をハクたちが追い返してくれたけど、もしかして、アレが盗賊とかそういう輩(やから)だったりするんだろうか。

そう思ったら、胸がドキドキしてきて、一層、怖くなった。ハクたちが言うように、果樹が植えてある辺りは結界が張られていることになっているから、入ってはこられないかもしれないけど、万が一があるかもしれない。

——それにしても、あんなボロい格好が、こっちでは普通だったらどうしよう。

そうなると、ここの文化レベルが不安になってくる。

魔道コンロがあるって言うくらいだから、大きな都市レベルの所だったらまた違うのだろうか。

なんにしても、あの男にまた来られて、私がログハウスに戻れなくなるのは困る。

「そういや、何か武器っぽいのも持ってなかった?」

手にはしてなかったけれど、腰に何かを下げてた気がする。

『わかんない』

『よくみなかったし』

「そっか……もし銃とか弓とか持ってたら、ヤバい？　あ、そもそも、銃ってあるのかな……あれ？　結界って、そういうのもはじいてくれる？」

『わかんない』

『わかんないねー』

「そ、そっかー」

ビャクヤあたりに聞けばわかるかもしれないか。後でハクたちに呼んできてもらおう。

そういえば、ビャクヤは魔法が使えたけど、この世界の人間は普通に使えるんだろうか。魔法で攻撃とかされたら、ヤバすぎる。

「……それよりも、裏の道だわ」

立ち枯れの拠点の裏手、トンネルの道へと向かう道に目を向ける。

結界の機能が付いている木などは植えていない。そうなると、ああいう輩は簡単にやってきそう。

やっぱり、すぐに結界が張れるモノといったら、ウッドフェンスを立てるのがベストだろうか。

「KP、ガッツリ減るよねぇ」

最近は自然増加分が増えてきたので、そろそろ新しいアプリのダウンロードの通知が来てもいいんじゃないかと思っていたのだけれど。

「でも安全第一よね」

それにあんな物騒なのがいるんだったら、スーパーカブでの移動も危険すぎるかもしれない。今更、盗賊の存在感にズーンッと気持ちが重くなる。

「はぁ……」

深いため息をついた後、タブレットの『収納』の中に入っている手持ちの木材で、道の片側だけでもウッドフェンスを作っていく。

不審者との遭遇で、けっこう本気で山の防衛を考えねば！　と思ってしまった私。

防衛だなんて大袈裟な、と言われそうだが、チラッと見ただけでも十分に物騒な感じの大男だったのだ。大袈裟くらいが、ちょうどいい気がする。

まずは山の敷地全体を囲うような結界を作るべきだろう。立ち枯れの拠点周辺だけに限らず、今の状態だと入ってこようと思えば、どこからでも入ってこられる。隙間だらけなのだ。

私は今、ログハウスの敷地からトンネルへ向かう道の途中にある、立ち枯れの拠点との分かれ道で、タブレット片手に考えている。

左手に行けば立ち枯れの拠点、右手に行けばトンネルに向かう道だ。

バラの苗木はログハウスの敷地の出入り口近くにしか植えておらず、この辺は雑木林のままだ。

「でも急いで作るとなると、結界が張れるような果樹の苗木の在庫はないし……山裾に、アレと同じウッドフェンスを作るのも違和感ありそうだしなぁ……」

私が『アレ』と言ったのは、ログハウスの敷地を囲っているウッドフェンスのこと。それなりに高さがあって、私だったら足元に台でも置かない限り向こう側は見えない。でも、あの大男だったら手をかけて上ってきそうだけど、結界があるから大丈夫……だと思いたい。

そもそも、木材の在庫が足りるか、怪しい。

「材料少なめの柵でも、結界の機能があるモノってないかなぁ」

例えばひざ丈くらいの、ガーデンフェンスみたいなのはどうだろう。先の尖った細い板を縦に並べたヤツ。小さいタイプのものだったら、百均なんかでも売っていた記憶がある。

「まずは、試しに作ってみなきゃわかんないわね。そもそも、『タテルクン』のメニューになかったら話にならないんだけど……お、あった！」

道から1mくらい離れた辺りを、ざっくりと草刈りをして、一つ目のガーデンフェンスを立ててみた。高さは私の腰くらい、幅はだいたい2mくらいだろうか。木目調のはっきりしたガーデンフェンスは、周囲の木々の中にあっても違和感はない。

「悪くないんじゃない？」

念のためタブレットで『鑑定』をしてみると、結界機能付きなのが確認できた。

それを道の両脇にドンドン立てていき、なんとかトンネルのところまで繋げることができた。

さて戻るか、とログハウスの方に目を向ける。残念ながら建物も何も見えないくらい距離があって、遠い目になってしまう。

『五月様』

「うぉっ⁉　ビ、ビャクヤ⁉」

『お呼びとのことでしたので』

「やだ、ナイスタイミング！　助かったぁ！」

ハクたちにビャクヤを呼びに行かせたのを忘れていた。

「そうそう、ちょっと、相談したかったの……ついでに、ログハウスまで乗せてってくれない？」

『かまいませんよ』

私はビャクヤの背にまたがると、不審な男との遭遇について話し、これからのことを相談しながらログハウスへと戻っていく。


次の日は朝早くから、山の周辺をガーデンフェンスで囲うことにした。

今日はハクとユキが護衛だ。ノワールも行きたがったけれど、この子のほうが狙われそうで危ないし、私じゃ守れる自信がない。そもそも、追いかけられたらこの子を抱えて逃げられるかも怪しい。

ハクとユキ、二匹ともが胸を張って歩く姿が可愛くて、ウリウリッと頭を撫でる。

ビャクヤは私たちとは別行動。私たちの山ではなく、逃げていった男の跡を調べに行っている。山頂の巣にはまだ小さい子供たちがいるので、ビャクヤたちにしてみても、山の安全は重要事項なのだ。

「いやぁ、思った以上に広いわ」

麦わら帽子をかぶり、タオルを首に巻きながら汗を拭う。すっかり、農家のおばちゃんみたいだ。

周囲の鳥のさえずりを聞いている分には、ほんとに静かでいいところだけど。

一応、この結界は物理攻撃に対して大丈夫なのか、ビャクヤに聞いてみた。

すると、悪意のある攻撃であれば、問題なくシャットアウトしてくれるらしい。魔法も言うまでもない。

魔法に関していえば、やっぱりこちら(異世界)には使える人がいるらしい。まさに魔法使い？　魔術師？　そういう職業があるようだ。某映画みたいに杖(つえ)にまたがって飛んだりするのか見てみたい気はする。

うちの山の北西側、瘴気の跡地の一番先端の梅の木から、山裾を囲うようにガーデンフェンスを立て始める。

朝早くから草刈りや伐採しながら黙々と作業を続けているうちに、湧き水側の道の出口まで辿(たど)り着いた。その頃には、とっくにお昼の時間を過ぎていた。

「はぁ。これでまだ半分くらい？」

『はんぶんかな？』

『だねー』

キリがいいので、ここでお昼ごはん。

草刈り機をタブレットに『収納』して、代わりに折り畳みの椅子(いす)とテーブルを置く。そして、おにぎりを二つと、お茶の入った水筒を出す。おにぎりの中身は、稲荷(いなり)さんから頂いた最後の梅干しだ。ぞういえば、そろそろ梅シロップもいい感じで出来ている頃だろう。

「うまっ。やっぱり水がいいのかなぁ」

土鍋で炊いたご飯が思った以上に美味(うま)い。

ハクたちにも、ベーコンの塊をおすそ分け。護衛のお駄賃だ。

空を見上げると、上空はだいぶ風が強いのか、木々の隙間から白い雲が流れていくのが見える。

「久々に、雨でも降るのかな」

私の言葉にハクたちは鼻を上に向けて、クンクンと匂いを嗅いでいる。

『……まだあめのにおいはしない』

『でも、きょうははやめにあがったほうがいいかな』

「わかった」

さっさと食事を終えて後片付けをすると、湧き水の方に向かう道に目を向ける。

「もしかして、ここ、門を作んないと駄目？」

ログハウスのところの出入り口は門もなく、通り抜けられるようになっている。結界が張ってあるから入れないと言われたけれど、自分の目に見えるモノではないので不安ではある。

――念のため、門、作っておくか。

私は『タテルクン』のメニューの中から、良さそうな門はないかと探して、結局、牧場にありそうな、立派な木製の門を立てた。道幅サイズの両開きの戸だ。中側に簡単な板で留めるタイプの鍵もついている。少し開けるのに手間はかかるが、滅多に使わないならこれでいいだろう。

そして、そのままガーデンフェンスを立て続ける。

「あ……ここはどうすべき？」

湧き水のところから流れていると思われる小川にぶつかってしまった。

川幅は2mくらいだろうか。さほど深さもないから、小川の中も歩けてしまう。そもそも、ここにガーデンフェンスを立てても、増水したら流されたりしないだろうか。

「なんかちょうどよさそうなのってないのかしら……」

慌てて『タテルクン』のメニューを探し出す。

何度も使っているうちに、勝手に内容がバージョンアップされていて、作れる建物の種類も増えている。自動でアップデートしているのだろう。

「あ。ガーデンフェンスの大きいサイズのがあった」

これなら、小川の中に入れても、隙間から水は流れていくし、高さも今まで作ってきたのよりも高い上に、地面に挿す部分も、もう少し長くて、深く挿せそう。

ついでに、私が歩けるようなサイズの小さな橋も作っておく。

「となると、排水口から流れてきた水でできた小川も同じようにしないと駄目か」

しかし、一度やってしまえば、サイズは違えど同じことを繰り返すだけだ。

排水口の小川にも橋をかけ終える頃には、空が赤くなり始めていた。

「よし、これで一旦終わりにしようか」

ここだったら、明日、ログハウスの敷地から来るのも楽そうだ。

『さつき、そろそろもどろう』

『かみなりのおとがきこえる』

「えっ」

草刈り機を止めて耳をすますけれど、私には聞こえない。でも、ハクたちが言うならそうなのだろう。元々、早めに上がる予定だったし、戻ったら戻ったで、ログハウスの敷地の門も作らないと駄目だろう。

「よし、じゃ、戻るかな」

『そうしたほうがいいわ』

『おれは、ちょっとみまわりしてくる』

「気を付けるのよ」

『だいじょうぶっ』

勢いよく駆け出していくハクを見送ると、私たちはログハウスへと戻るのだった。

＊　＊　＊　＊　＊

ビャクヤは山を二つ越えたところの山の斜面に立っていた。

昨日、ハクたちが追い払った男のニオイを追いかけて辿り着いた場所だった。

『……こんなところに、物騒な奴らが居ったとはな』

数人の男たちが大きな声をあげながら何やら騒いでいる。時折、風に乗って酒の匂いがしているので、酔っぱらった者も多いのだろう。

しかし、多くの者は手元の武器の手入れをしたり、荷物を荷馬車から下ろしたりしている。

『あれは……獣人か？』

粗末な格好をした小さな子供の姿が三人、荷馬車から引きずりおろされている。皆が皆、力なく倒れ込むと、男たちに鎖をつかまれ、無理やりに歩かされている。

『なんと……最低な奴らだ……』

その中の一人の獣人の子供と視線が合った。

汚れがなければふさふさとした尻尾だったろうそれは、汚れて力なくだらりと伸びている。ビャクヤと目を合わせても、その瞳は昏くなんの感情も浮かんでいない。その子供は山の斜面に作られた洞窟の中へ引きずられるように消えていった。

＊　＊　＊　＊　＊

昨夜から降り始めた雨が、朝にはびっくりするくらいの土砂降りに変わっていた。

――帰ってきてすぐに門を作って、ソーラーパネルを片付けておいて正解だったわ。

さすがにこの天気で、山の中を歩き回る気にはならない。昨夜のうちに、ログハウスの出入り口の門は作ったので、不審な奴らは入ってこないだろう。

窓から外を見ながら、万が一の防犯グッズを準備しておかないとまずいかもしれない、と思った。結界があるとはいえ、万全ではない気がしたのだ。

朝食の後片付けを終えて、今日は何をしようかな、とノワールを抱えながら考えていると、外から車のクラクションが鳴った。

「え、クラクション？」

『ん？　いなりのおっさんだな』

「稲荷さん？」

ノワールのその口のきき方はどうなの、と思ったけれど、それはともかくこの雨の中に来た稲荷さんを出迎えるために長靴を履いて傘をさして、門のところまで駆けていく。びしゃびしゃと水が跳ねてジーンズが濡れてしまうが、仕方がない。

雨で少し重くなっている木製の門を開ける。

「おはようございます～。凄い雨ですね～」

軽トラの窓を開けて、稲荷さんが声をかけてくる。雨音が大きいので、それに負けないようにと、大きな声だ。

「どうしたんですか、こんな朝早くに」

「ほら、中古車業者を紹介するって言ったじゃないですか。それでちょうどいい車が入ってきたと連絡があったんで、お迎えに来てみたんですが……まさか、こんな土砂降りとはね」

「わー、ご苦労様です。あー、でも、予算が……」

「まぁ、お金のことは抜きにして、一度、見てもらったらと思いましてね。よければ、このまま、この車で行きませんか？」

「なるほど、じゃあ、すぐに荷物だけ取ってきます！」

ちょうどいい。このタイミングで稲荷(いなり)さんが来てくれたのなら、ちょっと色々相談させてもらおう。ついでに、ホームセンターで防犯グッズを見てきてもいいし。

ログハウスに戻り、どたばたと準備をして、再び玄関に向かう。

『でかけるのか？』

「うん、ちょっとお買い物に行ってくる」

山の中であればそれほどでもないのに、私の『買い物』はあちら(日本)の世界に行くというのと、帰りが遅いというのが理解できているのか、ノワールは寂(さび)しそうな様子になった。

でも今日はいつもよりも我慢しているようで、素直に『……いってらっしゃい』という言葉が出た。

「何かお土産買ってくるね。それと……誰(だれ)か来ても、家から出ちゃだめよ」

『ビャクヤたちは？』

「もし来るようなことがあったら、出かけたって言っておいて……窓越しでも会話できる？」

『ああ。だいじょうぶ。ぼくも、あいつらもさつきのじゅうまだからな』

「……？　まぁ、通じるならいいか。よろしくね」

『まかせろ！』

最後には自信満々に応(こた)える姿がなんともかわいくて、思わずギュッと抱きしめる。

「いってくるね」

『おう！』

私は再び土砂降りの中を傘をさして、稲荷さんの軽トラの助手席に乗り込む。

あちら側に行く間、稲荷さんに第一異世界人との遭遇を伝えた。

「えぇえっ！　あんな所によく人がいましたね！」

「こっちこそ、びっくりですよ！　一応、ビャクヤが様子を見てくれているみたいなんですけど……そういえば、なんか知らない言葉で怒鳴られて」

「は？」

「……もしかして、会話通じないとか？」

「あ、あー！　そうでした！　望月様はあちらから普通に移動してるだけなんで、異世界の言葉は通じないんでした！」

「……それって、こっちの村とか町に行っても、買い物できないんじゃ」

「ま、まぁ、そこは手振り身振りとか」

――海外かよっ！

いや、海外でも英語があれば、なんとかなるパターンもある。（そんなに英語できないけど）

「えーと、えーと、うん！　ちょっと、イグノス様に相談しておきますっ！」

「お願いしたら、どうにかなるんですかね？」

「うん、たぶん、大丈夫っ！（ヤバー。絶対、イグノス様、忘れてるわ）」

もうこれは稲荷さんを信じるしかない。

「それにしても驚いたでしょう。あちらの人間は身体が大きいから」

「はい、それに……こう言ってはなんですけど、ボロボロな格好でちょっと……近寄りたくはないなぁと」

「うん？」

「なんていうんですか、昔の時代劇とかに出てきそうな、山賊みたいな感じで……追いかけられて、ちょっと怖かったんですよ」

「なんと……無事でよかったです」

「後で防犯グッズを買って帰ろうかなって思うんですよ」

「それは大切ですね。熊除(よ)けスプレー、持っていらっしゃいますよね？　まずは遭遇しないのが一番だと思いますよ？　結界とかって、どうしてます？」

「はい、一応、山の周囲をぐるりと囲もうかと」

「あ、だから、この道の両サイドに柵があったんですね」

稲荷(いなり)さんがチラリと道の脇にあるガーデンフェンスに目を向けた。うんうん、と頷(うなず)きながら、稲荷(いなり)さんは言葉を続ける。

「ビャクヤたちも見て回ってくれるでしょうから、それほど心配はないと思いますが……大人数で来られたら厄介(やっかい)ですからね。早めに山全体を結界で囲ったほうがいいでしょうね」

「ですよねぇ」

「ノワールももうちょっと大きくなったら、かなりの戦力になるとは思うんですがねぇ」

「いやいや、あの子、ドラゴンですよね？　どんな力があるかわかりませんけど……人に対して、過剰戦力なんじゃ」

「甘いっ、甘いですよ！」

「えっ」

「そいつの仲間に魔術が使える者がいたらどうするんですか。まぁ、望月(もちづき)様の結界がそう簡単に破られるとは思いませんが、万が一を考えたら過剰くらいがちょうどいいんです（そもそも、ホワイトウルフたちですら、一般人には魔獣として恐れられているんですけど）」

「……（私が思ってる『過剰』よりも、もっとやばいんじゃ）はぁ」

――というか、そんなにヤバい世界に住んでるの？　私。

改めて、異世界、怖い、と思った。


中古の軽トラ……結局、買ってしまった。４ＷＤのいいやつ、らしい（そもそも軽トラのいいやつ、っていうのが、よくわからない）。

正確には、稲荷(いなり)さんに買ってもらってしまった、が正しい。会社の持ち物という扱いにするらしい。だから契約者は稲荷(いなり)さん。それはまずいでしょう、と思ったのだけれど「危険手当です」と言われ、一瞬、なるほどと思った。よく考えたら全然足りない気がする。

ちなみに、こちら(日本)側は気持ちのいいほどの快晴。だから、普通に稲荷(いなり)さんが誘いに来たわけだ。

初めての軽トラはすぐには慣れなくて、恐る恐る運転してみた。回数をこなせば、そのうち慣れるだろう。

その後は、稲荷さんと一緒にホームセンターに自衛グッズがないかと探しに行った。

しかし、実際に店に行ってみると、痴漢撃退のブザーとか自転車の盗難防止や泥棒除けのライトくらいしか無かった。なんて安全な国なんだ、と、改めて思う。

当然、遠距離で攻撃できるようなものなんてあるわけもなく、とにかく襲われないことが一番だということになった。

むしろ、防御のことを考えたほうがいいのかと、それらしいものを探してみるけど、田舎のホームセンターでは見つからない。

「日本のホームセンターで普通に売ってるものじゃないでしょうからねぇ」

稲荷さんも、苦笑い。

とりあえず、防災用のヘルメットだけ購入すると、スーパーに寄ってから戻ることにした。

「他にも使えそうなものがあったら、そちらに持っていきますよ」

ホームセンターの駐車場で、稲荷さんがのほほんと言う。それも危険手当ということで、なんて軽く言うから、かなりイラッとした。

「稲荷さん、なんの根拠で、そんなこと言うんですか?」

「だって、古龍様がそろそろいらっしゃるんでしょ?」

——あ。忘れてた。

「ノワールもそうですが、古龍様もいらっしゃれば、あの山周辺は大丈夫でしょう。ビャクヤたちだっていますしね」

――過剰戦力。

でも、襲われる心配がなくなるのなら、そのほうがいいのだろうか？

「……古龍様って、何食べるんですかね？」

もし、来ていただいたことで安全になるというのなら、一応、接待しないといけないだろう。

「いやぁ、何でも食べるんじゃないですか？（元聖女である望月様の作ったものなら）」

「えー。でも、古龍ってドラゴンですよね？　なんかやっぱり肉食なイメージだけど。いつ来るかわかんないしなぁ」

――肉を冷凍するのもなぁ。いや、貯蔵庫で熟成させるというのも、アリなのか？

稲荷さんとは駐車場で別れると、私はノワールへのお土産と種付きの果物を探しに新しい軽トラでスーパーに向かうのであった。

＊　＊　＊　＊　＊

稲荷はキャンプ場へは戻らずに、そのまま異世界へと軽トラで向かった。

トンネルを抜けると、雨は小降りになってきていた。五月が戻る頃にはやんでいるだろう。

「あー、もしもし？　イグノス様？」

稲荷は途中で車を止めて、宙に語りかける。通信道具らしきものは、どこにも見当たらない。一応は神であるので、道具に頼らずにイグノスに連絡がとれるのだ。

『はいはーい。どうしたー？』

「どうしたー？　じゃないですよー。望月（もちづき）様に、翻訳のアプリとかそういった類（たぐい）の物、渡さなかったでしょー！」

『……あれ？』

「あれ？　じゃないですー。私が怒られそうになったじゃないですかー」

『あれれー？　転生したから忘れちゃってるのかなぁ。普通にできると思って何も用意してなかったよー。ありゃりゃ、参った、参った』

「もう！　参った、じゃないです！　望月（もちづき）様は町を探しに出る気でしたし、その上、すでに現地人と遭遇してしまって、言葉がわかんなくて困ったらしいですよ？」

『え、もう、遭遇しちゃってるの？』

「そうです。まぁ、様子からして、盗賊じゃないかと思うんですけど。一応、結界を張るように促してはいますが……もう少し気を付けて見ていただければと」

『わかったー。翻訳に関してはこれを渡してあげて』

　キラキラと何もない空間から光が落ちてきて、稲荷（いなり）の掌（てのひら）に銀色に輝くイヤーカフが一つだけ現れた。それには小さくて透明な魔石が嵌（は）め込まれている。見る人が見れば、魔力が満杯になっているのがわかる。

「これは」

『うん、翻訳機能のついたイヤーカフ。これ着けてれば、ちゃんと会話できると思う』

このイヤーカフは相手の会話がわかり、自分の言葉も相手に翻訳された状態で通じるというもの。

残念ながら、書面に書かれたモノは翻訳できない。

「わかりました。後でお渡ししておきます」

『うん。タブレット用に『翻訳（ほんやく）』アプリも用意しとくけど、これはダウンロードしないと駄目なやつだから、それは言っといて』

「ああ、はい（どうせなら、翻訳できる眼鏡（めがね）、みたいなのも作ってくだされぱいいのに）」

『何？』

「いえいえ、なんでも」

稲荷（いなり）は掌にのったイヤーカフを見ながら、五月（さつき）にまた文句を言われそうだなぁ、と、ちょっとだけ思う。

『そういえば、古龍、そろそろ出てきそうだね』

イグノスが、思い出したかのように話しだす。

「余計な争いごとが起きなければいいんですが」

『……じゃ、よろしくぅ』

「はぁ……」

自分の世界のことなのにイグノスのあまりにも軽いノリに、肩を落とす稲荷（いなり）なのであった。

＊　＊　＊　＊　＊

スーパーの帰りに、久々にファミレスに寄った。

昼時のせいか、けっこう混んでいたけれど、一人で四人掛けのテーブルについてしまった。

ちょっとの優越感と罪悪感。

防災用ヘルメットとともに、スーパーで買ってきた物もそのまま軽トラに置いてきた。そろそろ暑くなりだしているから、早めに戻りたいところではある。

「でもせっかくネットが繋がる環境に来たんだし、ちょっと調べないとねぇ」

食事の注文だけすると、スマホで検索しまくる。

まずは、防御用に使える盾。よく、海外のニュースで暴動を鎮圧する時に、透明な盾みたいなのがあったのを思い出したのだ。

「あー、ポリカーボネート？ 防護盾かぁ」

自分の身体のサイズを丸々カバーできそうなのもあれば、円形で小さいタイプなんていうのもある。

——ネットの通販でないと買えないのかなぁ。

その流れで、警棒なんていうのも出てきた。びょーんと長くなるやつのようで、一瞬、ライ○セーバーを思い浮かべる。

「それに……あー、獣除け用の電気柵なんてのもあるのか……へー、ソーラーパネルでやるようなのもあるんだ」

あの見るからにボロボロの格好からして、文化レベルは低いはず。そういう相手だったら、ビリビリッとすれば、びびって来なくなったりしないだろうか。

「あとは、自動で灯(あか)りが点(つ)くやつとか、音が鳴るのとか……もう完全に獣と同じ扱いよね」

こういうのを設置するなら、ウッドフェンスの外側にやっておくのが無難か。ついでに、普通に獣が獲れたりする可能性もあるのか。

「でも、人相手に自分がどれだけ対応できるかなぁ……全然、想像できない」

そもそも、あちらに警察組織があるとは思えない。その代わりのビャクヤたちなのかもしれないけど、彼らは加減なんかしなさそうだ。

「お待たせしました、海鮮丼セットです」

「あ、どうも～」

――海鮮の生もの食べるの、久しぶりすぎるっ！

小皿に少しのわさびを醤油で溶かして、全体にさらーっと流しかける。

あちらにも川はあったけど魚釣りなんてしたことないし。そもそも川魚を釣ったところで、まともに処理なんかできない。単純に串刺しにして塩焼きで食べるのが無難なのか。

「……釣りの道具、今度買ってみようかな」

なんてことを考えていたところに、誰かからメールが来た。

「稲荷(いなり)さん？」

内容は、翻訳用の道具を用意できたので、時間がある時にキャンプ場の管理小屋に寄るようにとのこと。

食事を終えた私はキャンプ場の管理小屋に寄って、イヤーカフを受け取った。普段アクセサリーの類をつけないので、少し新鮮な気分。

その際に『翻訳』アプリなるものの存在を知った。無料ダウンロードじゃないところが世知辛い。

トンネルを抜けると天気も回復していたようで、雨はすっかりやんでいた。

「……やだ。もし、あの男が戻ってきてたらヤバいじゃない」

あんな大柄だったら、すぐにでもログハウスの敷地の下辺りまでやってきそうだ。

急いで敷地まで戻ると、軽トラをログハウスの前に駐車する。軽自動車の入ってる小屋は、二台目が入る大きさではないので、そのまま置くしかない。

私は荷物をログハウスの中にしまうために、玄関ドアを開けた。

『おかえり！　さつき！』

部屋の奥からとてとてと歩いてきたノワール。大きさはすでに三、四才児くらいあって、抱き上げるのも一苦労。

「うん、ただいま！　ちょっと急いで、ガーデンフェンス作りに行ってくるわ」

『だったら、ぼくもいくっ！』

「え、いや、でも」

『だいじょうぶ！　ぼく、とべるようになった！』

「えっ」

ノワールが、ふよふよと浮かんでいる。あの小さい羽で、どうして飛べるのか不思議。ちゃんとパタパタ動いているから、羽を使っているのはわかるんだけど、どう見ても不安定。見ているこっちがひやひやする。

『さつき、ぼくがまもる！』

「う、うん、でもさ」

『いーくーのーっ！』

正直、ノワールが魔力をちゃんと抑え込めているのか、ビャクヤたちに近くで守ってもらえるのか、凄く不安。

——仕方がない。もしもの時は抱えて走るか。

『さつきー』

「わかった、わかったって」

私は軽トラの荷物をログハウスに運び終えると、タブレット入りのバッグを肩にかけ、カウベルを手にして、ガランガランと大きな音をたてながら走り出す。

排水口の側のぬかるんだ道を転ばないよう足元に注意しながら歩いていく。ノワールはそんな私のそばをふわふわと飛んでいる。ちょっと羨（うらや）ましい。

『五月（さつき）様、お戻りになられましたか』

ビャクヤからの声が頭の中に響く。思わず立ち止まって、周囲を見回すけれど彼の姿は見えない。

「ビャクヤ?」

『はい。少し離れたところにおりますが、見守らせていただいておりますので』

「やっぱり、ノワールの魔力、キツイのかな」

『……残念ながら、私でもおそばには……』

「そっか。わかった。何かあったら、声をかけてね」

『かしこまりました』

「急がなくちゃね」

ぼそっと呟いた私は、再び足元に意識を向けながら山道を下りていくのであった。

＊　＊　＊　＊　＊

ビャクヤは少し離れた山の斜面から、五月（さつき）の様子を見ていた。

彼女の脇をノワールが飛んでいる。その小さな身体からは、濃い紫色をした魔力がとめどなく溢（あふ）れ出ていた。あれのそばに平然と立って草刈りやガーデンフェンスを作っていく五月（さつき）の姿が、ビャクヤは不思議でならない。ビャクヤであったら、数分も持たずにへばっていることだろう。

『とうさん』

『ハクか』

カサカサと音をたてながら、ビャクヤのもとにハクがやってきた。すっかり身体も大きくなってきたが、ビャクヤと比べると一回り小さい。

『あっちのやまにうごきがあった』

『そうか……他のホワイトウルフたちは』

『ユキといっしょにようすをみてる』

五月の山はビャクヤたちの縄張りだったので、ビャクヤの眷属でもある他のホワイトウルフたちは、最近まで近隣の別の山に散在していた。

『あのままこちらに関心を向けなければ放っておいたのにな』

『うん、けっこうなかずがこっちにむかってるっぽいね』

空を見上げ、耳をピクピクとさせるビャクヤとハク。

『……気になることがあるのでちょっと行ってくる。お前はこのまま五月様についていろ』

『うへぇ……ノワールのまりょく、キツイんだけど』

『少しは慣れろ。でないと、お前に五月様を任せられん』

『……わかった』

かなり不本意そうなハクを残し、ビャクヤはユキたちのもとへと走る。

『とうさま、こっち！』

山を一つ越えたところに、多くのホワイトウルフたちとともに一際身体の大きいユキの姿があった。

『やつら、さつきのやまのほうにむかってる』

『ああ……やつらの巣のほうはどうだ』

『ナンビキカ、ノコッテイマスガ、モンダイナイデス』

ユキの隣に座る、若いホワイトウルフのオスの言葉に、おやっ、と思うビャクヤ。

身体のサイズはビャクヤよりも二回り小さいが、他のホワイトウルフたちよりは大柄だ。若いがこの群れのリーダーなのだろう。そのオスはビャクヤを恐れることなく胸を張りながら、ユキの隣にいる。ユキも嫌がっていないところを見ると、そういう仲なのかもしれない。

ビャクヤは、内心複雑な思いを抱きながらも、今は五月のことを考える。

『あのていどなら、わたしだけでもじゅうぶんよ』

『わかった。まずは向かっている奴らが先だ。奴らが五月様の山の手前まで行ったら、狩りの時間だ』

そう言ってビャクヤが牙を剝くと、周囲のホワイトウルフたちもやる気が満ちていく。

ゆっくりと歩き出すビャクヤの後を、ユキをはじめ、ホワイトウルフたちがついていく。


ビャクヤたちは密やかな足音とともに、山の斜面を駆けていく。

「……かよ」

しばらく進んだところで、人間の男たちの声が聞こえてきた。

「だから、すげー立派な板塀だったんだよ」

「あの山ぁ、人は住めないって話だったじゃん？」

「だよなぁ、お前の見間違いじゃねぇのかよ」

「そう言いながら、お前らも、来てんじゃねぇか」

「そりゃぁ、一応、確認しないとなぁ」

ガハハハッ、と笑い合う男たちの手には、物騒な武器が握られている。

「それに、こぎれぇなガキがいたんだろ？」

「ああ、そうだ！　見たことのない服を着ていたが、ありゃぁ、金持ちのガキに違いねぇ！」

「そんなんがいるならぁ、いい金になりそうじゃねえか」

男たちが勝手に盛り上がっていく様子に、ビャクヤはグルルルルッと怒りの唸(うな)り声をあげる。

「うん？　なんか音がしたか？」

「そうかぁ？　おめぇの笑い声で聞こえなかったぞ？」

「気のせいじゃねぇか？　この辺は魔物はいないって聞いたぞ」

この山周辺のホワイトウルフたちが上手(うま)く狩りをしているだけで、魔物がいないわけではない。

人間の男たちが知らないだけだ。

「見えたぞ」

「おお、確かに立派な板塀だな」

「おい、気を付けろよっ」

「がっ⁉」

男が声をかけた直後、先に歩いていた男たちが何もないところにぶつかった。

「ってぇ……なんだよ！」

「見えない何かがあるみたいなんだよ」

どんどんと叩(たた)いてみるが、透明な結界によって彼らはそれ以上中には入れない。

「くそっ！」

「この前もそうだったんだよ。とりあえず、どこかからは入れるかもしれねぇから、この見えない壁に沿って行くしかねえだろ」

男が冷静に言ったことで、他の男たちも素直にいうことを聞いた。

男たちは、立ち枯れの拠点の方へと足を向けようとした。

『……今だ』

ビャクヤの声で、一気にホワイトウルフたちが男たちへと襲い掛かった。

「な、なんだっ⁉」

「やべぇ、ホワイトウルフだっ」

「なんで、こんなところにっ」

「逃げろっ……ぎゃぁぁぁぁあっ」


「うん？」

『さつき、どうした？』

「いや、なんか声が聞こえた気がしたんだけど」

『とりのなきごえじゃないの？』

「え、あんな、ひび割れたような鳴き声の鳥がいるの？」

『しらな～い』

草刈りをしながらガーデンフェンスを立てていた五月。トンネルへ向かう道まであと少し、というところまでやってきていた。

『ハクゥ』

『なんだ、ノワール』

二匹は念話で会話をする。

『ちのにおい。ビャクヤにきれいにしとけっていっておいて』

『……わかった』

『あのだみごえ、さいてーだな。もうすこししゃおんがおそかったら、さつきにばれてるぞ』

『きをつけるようにいっとく』

『よろしくぅ』

ハクはノワールのほうが力があるのを知っている。

あれが古龍の眷属なのだ。本体である古龍が来たらどうなることか。

——さつきも、やっかいなのにすかれてるよなぁ。

心の中でそう思いながらも、五月の護衛を続けるハクなのであった。

＊＊＊＊＊

なんとかガーデンフェンスを山裾全てに設置して、結界を張り終えた翌日。

思ってたよりも疲れてたせいか、寝坊した。

『さつき～、ごはん～』

いつもは一階にあるベッド（いわゆる、猫や小型犬が使うようなペット用のベッド）で、私が起こすまで寝ているノワールが、珍しく下から飛んで起こしに来た。それくらい、寝ていたということだ。

「あー、ごめん、今起きるわ～」

Ｔシャツにグレーのジャージのズボン姿の私は、そのままの格好で階下に下りる。

「今日は天気が良さそうね」

『うん、いいてんきだね』

「せっかくだから、洗濯しなきゃね」

『そのまえに、ごはん～』

「はいはい、わかったって」

それから私は午前中いっぱいかけて家事をこなし、お昼を食べてようやく山のメンテナンスに向かうことにした。

「まずは、果樹園を見ておくかな」

時期的に、もうブルーベリーや桑の実あたりは実が生(な)っているはずだ。タブレットの『収納』にチャック付きのストックバッグ（Mサイズ）を箱ごとしまい込む。これ一袋にどれくらい詰め込めるか、ちょっと楽しみ。冷凍もできるタイプなので、凍らせてヨーグルトとかと混ぜて食べたりしたら、美味(おい)しそうだ。

腰にカウベルをかけて、タブレットを入れた斜め掛けのバックを提げる。

「ノワール」

『おでかけ～？』

「うん、果樹園に行くけど、ノワールはどうする？」

『いくっ！』

ノワールが自力で飛ぶようになっていて助かった。さすがに三、四才児相当の大きさのノワールを、この斜面で背負いながら歩きたくはない。

ブルーベリーの木は、下りてきて左手の敷地の奥に、まとめて数本植えていたのだけれど。

「さてと、たくさん生ってるかなぁ……え？」

濃いブルーの実が、たわわに実っている。枝が思いっきり下がって見える。そもそも一粒一粒が、やけにデカい。例えるならばプチトマトサイズ。スーパーでも大粒なのを見るけど、それの倍くらいありそうだ。

「ちょっと、実、生りすぎじゃない？」

そういえば、敷地や道沿いに植えた桜の木のさくらんぼも、艶々(つやつや)と赤くなりだしてはいたので、そろそろ収穫の時期なのかもしれないが、それよりもブルーベリーのインパクトが半端(はんぱ)ない。

「これ、さっさと収穫しないと、枝のほうが折れちゃいそうだわ」

慌てて『収納』からストックバッグを取り出して、手前の方から採っていく。

「やだ、重っ。これ、本当にブルーベリーよね」

『むーん、あまずっぱい～』

いつのまにかノワールがつまみ食いをしていたらしい。両手で自分の頬(ほお)っぺを押さえて、くるくるっと回って飛んでいる。

「洗わないで食べちゃったの？」

別に防虫剤とかの薬を散布しているわけではないから、大丈夫だとは思うものの、ちょっとだけ心配にはなる。

『おいしいよぉ～』

私の心配をよそに、ノワールは上の方に飛んでいき、木の上に生っているのを採ってパクパクと美味しそうに食べ続けている。

絶対、日に当たってるヤツのほうが熟しているに違いない。食べるスピードがあがっていく。

「くっ！　ちょ、ちょっと待って！　あんまり食べすぎないでよ！」

そう言って私は、小川のところまで戻ると、一粒だけ袋から取り出し、軽く洗ってから食べてみた。

「うまっ⁉」

ノワールの『甘酸っぱい』の言葉につられて、ちょっと酸っぱいのをイメージしていたけれど、爽やかな甘さの中にほどよい酸味で、予想以上に美味しくて身体が震える。

「これはジャムだけじゃなく、普通に生食でもいけるわ」

頭の中には、ヨーグルトやアイスクリームと一緒に食べるイメージが湧いてくる。

いそいそとブルーベリーの木に戻り、私の手が届くところに生っている大粒のものをどんどん採っていく。『収納』があってよかった。

気が付けば持ってきていたストックバッグの半分以上を使って、なんとか収穫完了。まだ、小さい実が残っているけれど、これはまた後で収穫することができるだろう。

「あとは、桑の実ね」

まだ上の方でブルーベリーを食べているノワールをそのままに、水の流れを跨いで、反対側に植えた桑の木を見てみる。

こちらは、まだ完熟までいかないものが多いようだけれど、いくつかは赤黒い実が生っている。小川がすぐそばにあるので、さっと洗って食べてみる。

「甘っ⁉」

ブルーベリーよりも甘い。ちょっとびっくり。

残念ながらブルーベリーよりも生っている数は多くはないようで、その中でも完熟してるものだけストックバッグに入れていく。

『五月様！』

ほくほく気分で、桑の実を採っているところに、急にビャクヤの焦(あせ)りの声が聞こえてきた。

「え、何？　どこにいるの？」

周囲を見回すけど、ビャクヤの姿は見当たらない。

『申し訳ありません、お力をお貸しくださいませんか』

「どういうこと？」

『とにかく、今、お迎えにあがりますので、お屋敷までお戻りいただけますか』

お屋敷って、ログハウスのことだろうか。（正直、そんな大した家じゃないんだけど）

彼が今どこにいるのかわからないけれど、声の感じから、これは急いで戻ったほうがいいかもしれない。

「ノワール！」

『なに～？』

上空で相変わらずブルーベリーを食べているノワール。

「ちょっとビャクヤが呼んでるから、家に戻るよ」

『……は～い』

珍しく文句を言わずに戻ることに同意したノワールを連れて、私は急いで敷地へと戻った。

ログハウスに戻るとそこには、荒い息を吐きながら少しばかり薄汚れたビャクヤが待っていた。

ノワールも一緒にいるのに、それどころではない、という感じで話し始めた。

『申し訳ございません』

「何、どうしたの？」

『ユキの番(つがい)が、傷を負いまして』

「うん？　番？」

『はい、昨夜、狩りの最中に獲物から反撃を受けまして、その際に受けた傷が』

「え、え、どういうこと？」

どうも、獲物の持っていた武器に毒らしきものがついていたらしく、かすり傷だと思っていたものが、今頃(いまごろ)になって悪化してきたらしい。

――武器を持っているような獲物って何？

一瞬そう思ったけど、ここは異世界だし、もしかして某ファンタジー映画とかに出てきてた、豚みたいなキモい顔の生き物とか、そういうのだろうか。

それに、あのお子様だったユキに番って、どういうことだろう。考えてみれば動物は大人になる

のは早いっていうし、アリといえばアリなのか？

とにかく、その傷を見てほしいというのだ。

「いや、私、獣医じゃないんだけど……とりあえず、救急箱持って行くか」

ログハウスの中に入って、小さな箱を取り出す。中に入っているのは自分用に買ってあった頭痛薬や風邪薬のような内服薬と、切り傷が出来た時にいつも使っている塗り薬。それと消毒液、絆創膏や包帯くらいしかない。そもそも、人に効くものが動物に効くのだろうか。（動物ではなくて、魔物か）

念のためフェイスタオルと大きめのバスタオル、それにトイレットペーパー二、三個を『収納』する。

『五月様！　あと、池の水もお願いします』

「池の水？」

『はいっ、精霊の力を含んだ水です。もしや、毒に効くのではないかと』

そんな都合のいい話があるかは微妙だとは思ったけど、ビャクヤの頼みなので、折りたたみのバケツにいっぱいの水を入れて『収納』にしまった。逆に、バケツ一杯で足りるか心配になったけれど、他に使えるものもないので諦めた。

『それでは、そのままお連れしますので、私の背に』

「は、はいよっと」

『いきます！』

ビャクヤの背中に乗ったと同時に、彼の掛け声とともに一瞬でビャクヤは飛んだ。

……そう、飛んだのだ。

眼下にはログハウスの屋根。

「ヒッ⁉」

ギュッとビャクヤの毛を掴む。いきなりすぎて叫び声も出ない。

そのまま、物凄い勢いで山の斜面を駆け上がっていく。私はビャクヤの背中にしがみつく。

『びゃくや〜、さつきをふりおとすなよぉ』

『はっ⁉ も、申し訳ございませんっ』

ノワールの声で、ビャクヤも私の今の状況に気付いたようで、少しだけスピードが落ちた。

「は、ははは、いや、あせってるのは、わかるよ……」

なんと、ノワールが同じようなスピードで脇を飛んでいる。

『さつき、だいじょうぶ〜?』

「だ、大丈夫だけど、ノ、ノワールのほうこそ」

『ぼくは、だいじょうぶ〜』

ノワールののんびりした調子とは裏腹に、ビャクヤはどんどん進んでいく。

先ほどのトップスピードほどではないにしても、かなりのスピードで斜面を駆け上がったかと思ったら、今度は駆け下りる。チラリと立ち枯れの拠点の辺りが見えたかと思ったら、今度は隣の山の中へと、ビャクヤは駆け上がっていく。

私は初めて、他所様の山の中へと入っていく。

——無断で入っても大丈夫かな。

そんな心配もよぎったのは一瞬だけで、途中から、周囲の景色を見る余裕ができてきた。

人の手があんまり入っていないのか、高い木が密集していて地面に草もあまり生えていない。食べ物になりそうな植物もなさそうな感じ。鳥の鳴き声は微かに聞こえる程度。ここは生き物がちゃんといるのだろうか。

ようやく目的地についたようで、目の前に広がるのはちょっとした広場で……焚火の後や、朽ちかけた小屋みたいなのと、ボロい荷馬車が置かれている。

そして数頭の白い犬……ホワイトウルフが、落ち着かなさげにウロウロと歩き回っている。大きさは少し大柄なジャーマンシェパードくらいだろうか。とにかく、ユキがあの中ではバカでかい。

そして、彼女の足元に横たわる一匹のホワイトウルフがいた。

『さつきっ！』

ユキの悲痛な声が聞こえる。

ビャクヤがユキの前に飛び込むように着地する。私はすぐさま彼から飛び降りて寝ているホワイトウルフへと向かうつもりだったんだけど……残念ながら着地失敗。ぺたりと尻もちをついてしまった。

——カッコ悪っ！

あんな猛スピードのビャクヤに乗ってたんだから、腰が抜けても仕方ないと思う。

『さつきっ、だいじょうぶっ⁉』

「ご、ごめん、ごめん」

なんとか、四つん這いになりながらも、傷ついているというホワイトウルフへと近づいてみる。

傷は前足の付け根部分に、長さ20㎝くらいの線状の傷。けっこう長いし、深い。たぶん、舐めとったのか、今はそんなに血は出ていないけどじくじくと滲んでいる感じ。

「酷いね……ビャクヤ、毒って言ってたけど、この傷はこの子だけしか舐めてない？」

『いえ、ユキが』

『わたしもなめたわ！　でも、わたしのほうはなんともないの』

「え、じゃあ、毒とかじゃないのかな」

しかし、目の前のホワイトウルフは苦しげに長い舌を出して、荒い息をハッハッと吐いている。

「ん～～！　とにかく、まずは水で傷のところを流すかっ」

私は『収納』からバケツを取り出し、水を手で掬って傷のあたりを洗い流そうとしたのだけれど。

グゥウウッ！

横になっていたホワイトウルフが、反射的に私に食らいつこうとして……ユキに頭を前足で押さえ込まれた。

『さつきになにするのっ！』

キューン。

——番って言ってたよね。

すでに完全に尻に敷かれているもよう。

持ってきていたフェイスタオルで傷の周りを拭うと、今度は救急箱を取り出す。

「とりあえず、消毒液」

スプレータイプじゃないので、トイレットペーパーに浸み込ませて傷を拭う。たぶん、痛いんだろう。グゥグゥ唸りながらビクンビクンと動いてるんだけど、ユキに踏まれてるからそれ以上は動かない。

「痛いよねぇ、もうちょっと我慢してねぇ」

シュワシュワと傷に沿って白い泡が出てくる。とりあえず、新しいトイレットペーパーで泡のところを拭きとって、もう一度、新しい消毒液をつけて軽く拭う。今度は出てこない。

効くかわからないけど、傷の上に塗り薬を塗った。ガーゼでもあればよかったんだけど、仕方がないのでそのまま包帯を巻きつける。

「こんなんで大丈夫なのかなぁ」

いまだにユキに押さえつけられているホワイトウルフに目を向ける。相変わらず、荒い息のままだ。

他に何かできることはないのか、考えていると。

『さつき〜、きょうとったぶるーべりー、たべさせてみて〜』

いつの間にか、私の頭の上でノワールがふよふよ飛んでいた。

それって、ブルーベリーに何かしらの効能があるってことだろうか。普通に美味しいから収穫するだけしてたけど、鑑定すれば何か出てきたのだろうか。

そして、ハッと気が付いて周囲を見回す。

ノワールが私の近くにいるのだ。他のホワイトウルフたちが広場の端の方で伏せ状態で固まっている。

ユキとビャクヤと怪我(けが)している子だけがその場に残っている。ノワールの魔力に耐えられるようになったのか、もしくは、ノワールのほうが抑えられるようになったのか。

よく見ればユキもビャクヤも、プルプルと震えながらその場でお座りをしていた。

これ、さっさとノワールに離れてもらわないとダメなヤツだ。

「あのさ……ホワイトウルフって、肉食じゃないの？」

『に、肉食ですが、木の実を食べることもあります』

「そうなの⁉」

『ほら、はやくぅ』

「わ、わかったわよ」

ノワールの言葉に従って、『収納』からブルーベリーの入っているストックバッグを一つ出す。

その中でも、一際(ひときわ)大きなのを一粒取り出して、バケツの水で軽く洗ってから、ホワイトウルフの口元へと持っていく。

「噛(か)みつかないでよ～」

ユキが足を外したけれど、どうも力が入らないようで、少し虚(うつ)ろな目だけが私の方に向けられる。

「くっ、仕方ない。マジで噛まないでね」

私はホワイトウルフの大きな口を開けると腕ごと中に入れ、喉(のど)の奥へとブルーベリーを投げた。

コクンッ
なんとか飲み込んだようだが、これですぐに何かが変わるって感じでもない。私はもう一粒、ホワイトウルフの喉の奥に放り込む。これも素直に飲み込んでくれた。

私がもう一粒、と思ってストックバッグに手を入れようとしたところで……ホワイトウルフの様子が変わった。苦しそうに横になっていたのが、ゆっくりと身体を起こしたのだ！

「え、マジで、ブルーベリーに効果あり⁉」

ホワイトウルフが横座りしたまま、大きな尻尾(しっぽ)をブンブン振り回し始めた。虚ろだった目も、今はキラキラしてる。

『よかった！』

『ああ、助かった！』

そう言って、ビャクヤとユキは傷ついていたホワイトウルフを、頻(しき)りにべろべろと舐めまくって毛づくろいしてる。

「ブルーベリーって目に効果があると思ってたけど……こっちでは違うのねぇ」

ストックバッグを片手に、思わずぽそっと呟(つぶや)く。

すると、私の隣にノワールが着地して偉そうに「チッチッチ」なんて舌打ちをする。

『これはぁ、さつきのしきちで、さつきがそだてたものだから！　こいつにかかっていたのろいをといたんだよ』

——のろい……のろい……呪い？

——は？

ブルーベリーの思わぬ効能に固まっていた私。

——そもそも、呪いって何ぞや⁉

そんなオカルトな話があるのか。異世界だから？　異世界だからなのか⁉

呆然としている私の目の前で、横座りしていたホワイトウルフが立ち上がり、頭を下げた。

「と、とにかく、治ったってことでいいのかな？　あ、でも傷のほうはまだわかんないから、包帯は暫くこのままでいいかな」

『さつき、わたしのつがいをたすけてくれて、ありがとう！』

ユキが、大きな頭を私の身体になすりつけてくるんだが、力が強すぎて倒れそうになる。

『こら、ユキ、五月様が倒れる！』

『はっ！　ごめんなさいっ』

「あ、あははは……で、この子がユキの番ってことなのよね」

嬉しそうに尻尾を振っているホワイトウルフは、ユキと並ぶと……うん、かなり小さいね。体格差はあろうが、番は番ってこと、なんだろうなぁ。

撫でると素直に頭を擦り寄せてくる。普通に大きなワンコな感じで可愛い。

「さて、落ち着いたところで話を聞きたいんだけど」

『あの、五月様』

「うん？　何」

『実は、他にも……傷ついた者がおりまして』

ビャクヤが恐る恐る言ってきた。

「え⁉　なに、早く言ってよ、どこ？　どこ？」

『さつき〜、あのどうくつっぽいとこに、なんかいるよ〜』

「なんかいるって……なによ……」

そういう言い方されると、なんていうか、ヤバそうなのがいそうな気がしてくる。

ノワールがパタパタと羽をはばたかせながら、洞窟に向かおうとしたところで。

『ノワール様、あれらには貴方様の魔力は強すぎます！』

ビャクヤの必死な呼び止めにより、ぷーっと頬を膨らませながら私の方へと戻ってくる。

『だってぇ。なかからつれださないと、さつきにはなにもできないじゃん』

「いや、私が行くからいいよ？」

『……でも、すごくくさいよ？』

「え」

ノワールの言葉に、どれだけ臭いのか、ビビる。

しかし、そんな場所にいる何かを連れ出さなきゃいけないんだったら、我慢するしかない。

私は『収納』からタオルを取り出し、顔の半分をそれで隠す。臭気がそれで抑えられるとは思わないけれど、何もしないよりマシだろう。

『中は暗いです。我らは見えますが、五月様には厳しいかと。光の精霊に灯りになってもらえるよう頼んでみてください』

そう言われて周囲を見渡す。ポツンポツンと宙に浮いている光の玉たち。一つ、二つと光の精霊の玉が薄っすら光っているのがわかる。うちの山の中のほうが、種類も数も断然多い。

「わ、わかった……光の精霊さん、小さい灯り、お願いできる？」

お願いを言葉にしたとたん、『きゃーっ！』という嬉しそうな甲高い声が聞こえた。

私の掌に、ピンポン玉くらいの光の玉が現れた。


正直、洞窟の中は酷かった。特に臭いが。

フェイスタオルをマスク代わりにしているけれど、ほとんど意味がない。

洞窟の入り口についた途端に、目に染みるような刺激臭。これはあれだ。公園とかにあるボロくて汚い公衆トイレなんかに、稀にある、アレだ。絶対、鼻で息をしちゃ駄目なヤツ。

入ってしばらくは、木箱やら壺やらがあちこちにゴロゴロしていたけれど、一番奥までいくと……古い時代劇で見る土牢みたいなのがあった。

「ヒッ⁉」

地面剝き出しの床に小さな子供たちが、壁際で固まっている。灯りを差し出して中を見ると、汚れた貫頭衣のようなものを着ていて、剝き出しの肌も浅黒く汚れている。

「びっくりした……中に何人いるのかしら」

『動けそうなのが二、三人…あとは奥で横になっていますね。たぶん、食事や水をまともに与えられていないんでしょう』

「酷い……ビャクヤ、このドア、壊せる？」

『当然です』

ビャクヤの返事とともに、彼の前足一発で格子が見事に破壊された。

「さ、さすがね」

『これくらい問題ありません』

「さてと……立てる子は早く外に出て？」

ゆっくりと中に入って声をかけたのだけれど、子供たちは怯えた表情でズルズルと奥の方へ逃げていく。

「あ、こ、こわくないよ～。さっさと、外に出よう？　外に出たら食べ物あげるから」

そう言っても、余計に逃げていく。

「そんなに怖いかなぁ……あ、ビャクヤいるから？」

こんな大柄なホワイトウルフがいたら、確かに怖いか。

『いや、単に言葉が通じてないだけかと』

「……あ」

そういえば、私もあの怖い男の言葉がわからなかったのを思い出し、慌ててタブレットの『収納』

に入れていたイヤーカフを取り出して耳につける。

「よし、さてと、私の言葉、わかる？」

奥に倒れている子たちを守るかのように、子供たちの中から一人だけが、ピクリと反応した。子供たちの中で一番身体が大きい子だ。白髪のような髪に長めの毛先を三つ編みにして、古びた朱色のような色合いのリボン（？）で縛っている。

「え？」

頭になんか生えているように見える。あれは、獣の耳だろうか？　それも犬の耳？

――コスプレ？　こっちにもコスプレイヤーがいるの？

耳を凝視していると、その獣の耳をつけた子が一人だけ前に出てきた。身体は大きいけど、見るからに痩せ細り、くぼんだ目がやけに大きく見える。その瞳の色は見たことがないような赤金色だ。

「あなたは、フェンリルさまのあるじ？」

おどおどしながらも、可愛らしい声。女の子だろうか。

ビャクヤにフェンリルの血が入っているのに気が付くとは。この子は何者だろう。

「え、えーと、この子は私の従魔よ」

「フェンリルさまをじゅうま……すごい」

「うん、あなたは歩けそう？　歩けるならここから出てくれる？」

「……でていいの？」

「当然よっ！　こんなところ、ずっといちゃ駄目！」

思わず大きな声になってしまったものだから、獣の耳がへにゃりと伏せられた。

「あ、ご、ごめんね。とにかく、出て」

しかし、獣の耳を持った子はそこから出られなかった。

出ようとしたのに、土牢から外へ足を出すことができないのだ。まるで、そこに見えない壁があるかのように。

「どういうこと？」

私もビャクヤも問題なく出入りができるのに、その子はできないのだ。

『これは……もしや、隷属の紋でも彫られてるのでは』

その様子を見ていたビャクヤが不機嫌そうにぼそりと呟く。

――『れいぞくのもん』？

『この子供らは、恐らく奴隷として連れてこられた者たちでしょう』

「どれい……どれ……奴隷っ⁉」

――もしや『れいぞく』は『隷属』のこと⁉

それに気が付いて、最初に湧き上がったのは怒りだった。

日本には奴隷なんていない。しかし奴隷みたいな扱われ方をされることはある。悲しいかな、ほんの短い期間だけど、私も小学生時代にいじめられてそんな扱いをされた記憶がある。

ただ、今、目の前にいる子供たちのそれはレベルが違う。

「ビャクヤ、『れいぞくのもん』の『もん』って何？」

『紋様のことですね。恐らく、身体のどこかに紋が彫られているかと』

「彫られているってことは、入れ墨ってことか。えーと、あなた、名前は？」

牢から出られなくて呆然としている子に声をかける。でも、声が届いていないようで、返事がない。もう一度大きな声で「名前は？」と聞いて、ようやく「ガズゥ」と答えた。

「よし、ガズゥ、あなた、身体のどこかに入れ墨みたいなの、描かれた記憶ある？」

「いれずみ」

駄目だ。ガズゥの目には力がない。

「しょうがないな……あのね、ガズゥ、身体に触れてもいい？」

「……」

「見えるところにあるかどうかだけ、探させてくれる？」

コクリと頷いてくれたので、私はガズゥの腕と足を見てみるけれど見つからない。

私はガズゥの首元を見てから、汚れでベタベタになって伸びきった髪を摑み、うなじを見てみた。

「あっ、これのことかな？」

ガズゥのうなじに、黒子が大きくなってしまったようなモノが出来ていた。大きさでいえば2㎝くらいだろうか。これは入れ墨というにもお粗末な気がする。

『どれ……ああ、そうだ、これですね。こいつから、呪いに似た嫌な感じが伝わってきます』

「もしかして、『隷属の紋』って呪いと同じだったりする？」

だったら、ブルーベリーでなんとかなるんじゃないか。

『似たようなものでしょう。この程度の紋であれば、先ほどの果物一つで十分だと思います。ユキの番の呪いのほうがよっぽど危険でしたから』

番を傷つけた武器は、傷つけた相手を最後には呪殺するような力が付与されていたのだろうと、ビャクヤが教えてくれた。

それに比べれば、子供たちに紋を付けたヤツは下手らしい。

『ただ、この紋を解いたら紋を付けた相手にバレてしまいます』

「そうなると、どうなるの」

『この子らを奪い返しにくるかもしれません』

かといって、この子たちをこのまま放置できるほど、人間捨ててない。

「その紋を付けたヤツって、すぐに来ちゃうかな」

「……どれいしょうにんとのやくそくが、もうすぐだっていってた」

ガズウが、小さな声で答えた。

「えっ」

「おれたち、みんな、さらわれてきた……それで、まとめて、ここでどれいしょうにんにわたされるって……」

土牢にいる子供たちに目を向ける。

こんな小さい子を、それも誘拐して奴隷にするなんて。

「さいってーっ！」

私はそう怒鳴ると、すぐにストックバッグを取り出して、ブルーベリーを一粒、ガズゥにあげた。

「洗ってなくてごめんね。食べてみて」

私の真剣な声に、ガズゥの目が大粒のブルーベリーに向けられる。そして力のなかった目には、涙が浮かび上がり、ブルーベリーを受け取ると、小さく一口噛んだ。

じゅわっと果汁が溢(あふ)れるのを、慌ててぺろぺろと舐めて、残りを一気に飲み込んだ。

「おいしい……おいしい……」

「そっか、よかった」

そう答えて、私はもう一度うなじを確認する。

「やだ、ブルーベリー最強」

ガズゥのうなじには、もう『隷属の紋』はなくなっていた。

私は次々に子供たちにブルーベリーを食べさせた。おかげで子供たちにいれられていた『隷属の紋』はすっかり消えた。奥の床で倒れていた子たちも起き上がれるくらいになり、一緒に洞窟から出ることができた。

『さつき……くさいね』

外で待っていたユキと番が、顔をしかめている。

――失礼だな。臭いところにいたんだから仕方ないじゃない。

子供たちは外にたむろしていたホワイトウルフたちの多さに気付くと、プルプルと震えだした。

「大丈夫よ、ちょっとここで座って待っててね」

私の言葉を素直に聞いてくれるのは、ありがたい。

結局、土牢にいたのは五人だけ。ガズゥを含めた三人が獣人と言われる種族で、残り二人（こっちが寝ていた子たち）は普通の人間っぽい。

外の明るさでようやくわかったけれど、ガズゥたちは犬系の獣人のようだ。いよいよファンタジー色が濃くなった感じで、状況が状況だというのに少しだけワクワクしている自分がいる。

本来であれば、ふさふさの尻尾が可愛いはずなんだろうけど、汚れでベタベタしていて触るのに躊躇する感じ。

獣人は全員男の子だそうで（ガズゥは女の子だと思っていた）、人間のほうは女の子。それぞれ別々に誘拐されたらしい。

まだ詳しい話を聞けていないけれど、悪臭を我慢しながら、もう一度洞窟の中へ入る。洞窟の中にあった壺やら木箱をいただいてしまおうと思う。

これらの中身に何が入っているのかはわからないけれど、子供たちのあの状況からも、絶対、人様から盗んだ物と思われる。持ち主が誰かなんて私にはわからないので、さっさと『収納』してしまうに限る。

もしかして、人攫いの集団なんだろうか。この前遭遇した男の関係で、ビャクヤが見つけたのかもしれない……彼らがその後どうなったかなんて、考えちゃいけない気がする。

「これで全部かな。さて、あの子たちどうしようかな」

『このままここに置いていっても、我々以外の獣に食われる未来しかないですよ』

「……そうよねぇ」

外に出てみると、ちょっと予想していなかった状況になっていた。

「へぇ……やるじゃん」

獣人の男の子たちが、人間の女の子たちを守るように座っていたのだ。

けしてホワイトウルフたちが襲おうとしているわけではない。居眠りか毛づくろいをしていて、意識すらしてないだろう。

それなのに、男の子たちは武器も持っていないのに、彼女たちを囲んで周囲を警戒している。

その中でガズゥが私に気付いたもよう。緊張してた表情が、少し気が抜けたのか、ホッとしているようだ。

「待たせたね……さてと、さっさとここから逃げますか」

私の言葉に、ガズゥは厳しい顔になりながら大きく頷いた。

子供を五人。彼らをここから連れ出す方法に頭を悩ます。

ボロい馬車はあるんだけど、それをひく馬がいない。いたとしても、その馬車を使う自信はない。

すでに日は傾き、星が見え始めている。時間はない。

「ビャクヤ、彼らを乗せてもいいかしら」

「お、おれたちは、じぶんのあしではしれる！（フェンリルさまにのるなんて、ばちあたりなことはできないっ！）」

「はしれるっ！」

「れるっ！」

獣人の男の子たちは、大きな声でそう言った。

「大丈夫なの？　さっきまで、フラフラだったのに」

「さっきのたべもののおかげ」

「……えぇぇ？」

――たった一粒しかあげてないんだけど。

「なんか、ちからがわく」

「そ、そんなに⁉」

コクコク頷く三人に、うーん、と考え込む。

『五月様、獣人は普通の人族とは違って頑丈です。だから、洞窟の中で生き残れていたのでしょう』

確かに、女の子たちのほうが、かなりヤバい状況だった気がする。今も、二人ともしゃがみ込んでいて、一人で立ち上がれるかといったら、無理そうな気がする。

「わかったわ。念のため、もう一粒ずつ食べて」

そう言って渡すと、男の子たちの尻尾がパタパタと揺れだした。

戻ったら、お粥でも食べさせたほうがいいんだろうか。でも、男の子たちはけっこう元気になってるし。ログハウスに戻ったら、何かないか探さないと。

「じゃあ、お嬢ちゃんたちは、私と一緒にビャクヤに乗ろうか」

ぴくっと身体を震わせて、私に目を向ける少女たち。獣人の子たちよりもかなり小柄な感じ。私の言葉は通じてはいるんだろうけれど、まだ一言もしゃべっていない。

彼女たちにもブルーベリーを一粒ずつ渡す。さっきは自力で口にすることもできなかったのだから、ほんとブルーベリー最強だ。他の果物の類でも同じなのか、一度、試してみたいところだ。

「しかし、さすがにビャクヤにしがみつけとは言えないかぁ」

この子たちでは、ビャクヤの毛を掴んだところで、ちょっとした動きですっぽ抜けそうだ。

私は少し考えてから、『収納』から麻紐を取り出した。荷造り用にしまってあったモノだ。何もしないよりはマシだろう。

「ちょっとごめんね」

まずは小さい子の背中にフェイスタオルを当てた上で、背負ってから麻紐で括りつける。

次にもう一人の女の子をビャクヤに乗せて、その後ろに私も乗る。このままだと不安定なので、お互いを麻紐で縛り付けた。

もう泣く気力もないのかもしれないけど、二人とも大人しくしてくれて助かった。

「これでなんとかなるかなぁ……ビャクヤ、あんまり飛ばさないでね」

『わかりました』

「ユキは先行して、立ち枯れのところに彼らを連れてってくれる？」

『いいわよ！』

「じゃあ、ガズゥたちは、あのホワイトウルフたちの後をついて行ってね」

「わかった」

さすがに三人を乗せてじゃ重いかな、と思ったのだけれど、ビャクヤは全然余裕のもよう。山の斜面でも、激しく上下に動かないように進むとか、どんなジェントルマンだ。

「……おねえさん」

前に座っている女の子が前を向いたまま、小さな声で私を呼んだ。

「なぁに？」

「ありがとう」

「……うん」

私たちはしばらく無言で山の中を進んでいった。


日は完全に落ち、山の中はすでに真っ暗。私の目では周囲の様子などわからない。

背中の子は熟睡中。前の子もうつらうつらしている。それでも落ちないようにしっかり掴んでいるのだから偉い。ここで私が倒れたりしたら、三人とも大けが間違いなしだ。

ビャクヤたちのおかげか、他の獣が襲ってくるようなことはなかったが、立ち枯れの拠点の近くまで戻れたのは深夜になってしまった。

「あれ？　拠点のところまで入っていてよかったんだけどな」

梅の木の結界ギリギリのところで、ユキたちホワイトウルフの集団と、彼らから少し離れて獣人の男の子たちが座って待っていた。

――そうか！　結界!?

「もしかして、結界のせいで中に入れない!?」

『うん、わたしははいれるけど、ほかはむりみたい』

「ありゃりゃ、どうしよう」

ビャクヤの上で麻紐をほどき、前に座っていた子といっしょに下りる。おんぶされてる子も、このままじゃ麻紐が食い込んで痛いだろう。急いでほどくと、そのままビャクヤの足元に二人一緒に座らせた。

ここまで大人しくしてくれたので、今度は桑の実をあげてみると、美味しそうに食べてくれた。

『……五月様、よろしければ、ユキの番に名前をつけてやってください』

ビャクヤの提案に、一瞬固まる。

「……それって、この子も従魔にしろってこと？」

『はい。そうすれば番もですが、番の配下にいる他のホワイトウルフたちも、五月様の敷地の中に入ることができるでしょう』

「な、なるほど」

しかし、ガズゥたちはどうしたらいいんだろう。

『子供たちは、敷地に入るのを五月様が「許可」されれば入れるようになるのでは』

「そうなのっ!?」

『はい。ただし、その者に五月様への悪意が芽生えた時点で弾き飛ばされますが』

「……結界の機能、凄すぎじゃん」

どれくらい弾き飛ばされるのか見てみたい気もするけど、そもそも、悪意が芽生えるようなことが起きないのが一番だ。

私はまず、ユキの番に名前を付けることにした。すごく安直に『スノー』だ。

名付けをした途端、スノーの身体が輝き、ユキと同じくらいの大きさにまで成長した。ユキのサイズに見慣れていたから、小柄で可愛いなんて思ったのに、大きくなって厳つくなってしまった。

「……なんとまぁ」

『ありがとうございますっ！』

いきなり聞こえてきたのは、若い男の子の元気な声。これがスノーの声か。

厳つさとのギャップがありすぎる。若くして群れのリーダーになってるあたり、この子は元々強い子なんだろう。

『五月様のおかげで、呪いも解け、こうしてユキとともにいられます！』

「う、うん。よかったね」

『はいっ』

そして、なぜか周囲のホワイトウルフたちも、ほんわかと光を放っているように見える。

『彼らも五月様の僕となりました！』

「し、しもべっ？」

『名付けはされていなくても、スノーの配下たちも眷属に含まれるようになったのです』

「はぁ……」

——何度も思うけど、異世界って、やっぱり凄い。

唖然（あぜん）としているのは、私だけではなかった。ガズゥたちも、びっくりしていた。さっさとこの子たちもなんとかしなくては。

「ガズゥたちも中に入れなくちゃね」

『それぞれ名前を聞いてください。その名前を呼んでから、結界の中に入る許可を与えれば入ることができるようになるはずです……ちなみに、彼らには私の声は届きませんので』

「はっ⁉　そうだったの⁉」

慌てて、ガズゥとビャクヤを見比べてしまった。

勝手に普通に会話が成り立っていた気になっていた。獣人凄い、とか思ってたんだけど、勘違いだったようだ。

「えーと、ガズゥはガズゥでいいとして、そっちのちびっ子たち、名前を教えてくれる？」

「おれ、テオ」

「……マル」

三人にも桑の実を与えながら聞いてみると、ちびっ子たちはあっさり名前を教えてくれた。

先に答えたテオのほうが、マルよりも少しだけ身体が大きい。三人ともホワイトウルフたちに遅れることなくここまで来れたのは、さすが獣人ってことなんだろう。

「じゃあ、女の子二人のお名前を教えてもらっても？」

ビャクヤの足元で抱き合っている女の子チーム。

大きい女の子のほうは、ガズゥと同じような貫頭衣を着ているんだけど、薄汚れているのに品のある顔立ちで、まるでビスクドールみたいな感じだ。そんな彼女が小さい子を守るように抱きかかえている。

「わ、わたくしは、キャサリン。キャサリン・エクスデーロ。エクスデーロこうしゃくのむすめですわ」

──うん？　今、なんて言った？

──こうしゃく……こうしゃく⁉

「え、こうしゃくって、どっち？　侯爵？　公爵？　いや、そんなことよりも貴族ってこと⁉」

──この世界、お貴族様、いたのかいっ！

「こ、こうしゃくは、こうしゃくですわ。お、おばあさまが、おうけからこうかなさったのよ」

──おうけ……王家ね。うん、わかった。公爵か。そっかー、公爵かー。

「って、なんで、あんなところにいたのよ。っていうか、人攫いの馬鹿野郎っ！」

「わ、わたしのせいじゃ、な、ないもの……ううう、うわぁぁぁぁんっ！」

「はっ！　ご、ごめんね！　ごめんね！　キャサリンを怒ったわけじゃないのよ。いい子、いい子ねぇ」

ギュッと抱きしめながら、頭を撫でてあげる。うん、臭い。

でもきっと彼女にしてみれば、大事に育てられていただろうから、あの状況は屈辱だったかもしれない。

「お、おじょうさま……」

キャサリンの服の裾を掴んでいるのは、もう一人の女の子だ。

「あなたの名前は？」

「サ、サリーともうします」

「そっか、サリーはキャサリンと一緒に攫われたの？」

「は、はい……いっしょにばしゃにのっておりました」

目に涙をためながらも泣くのを我慢しているサリーに、私はもらい泣きしそうになった。

いつまでもここにいても仕方ない。私は気持ちを切り替えて、子供たちとともに立ち枯れの拠点に向かうことにした。

「さぁ！　ガズゥ、テオ、マル、キャサリン、サリー、どうぞ、入っていいわよ」

そう声をかけてから、一緒に敷地の中に入ってみる。

「……は、はいれた」

ガズゥは、すんなり足を踏み入れられたことに感動している。もしかして、待っている間に一度は挑戦したのかもしれない。

「おお～」

「……はいれた」

テオとマルも感動の声をあげる。

再びビャクヤに乗せてもらって、立ち枯れの拠点へと向かう。今度はサリー、キャサリン、私の順で座る。

「さて、とりあえず、今日はこの小屋で休んでくれるかな」

荷物置きになっている小屋だけれど、子供たちくらいだったらなんとかなるだろう。子供たちは大人しく小屋の中へと入っていく。床がコンクリートだから、少し冷えるかもしれない。ログハウスに戻って、ビニールシートや、毛布なんかも持ってこよう。

それよりも、この臭いは、いい加減、限界だ。このまま小屋に寝られたら、絶対、小屋の中に臭いがこもるだろう。

――風呂小屋をこっちに持ってこなくちゃ。

タブレットで地図を確認。ギリギリ、立ち枯れの拠点も範囲に入っているけれど、ログハウスの敷地からここまで、縮尺をいじりながら移動させるのは少し難しそうだ。

私はビャクヤに乗せてもらって、諸々の道具とともに風呂小屋を取りに戻ることにした。

ログハウスの敷地の近くまで辿り着いたものの、ビャクヤは中にまでは入れないもよう。

もしや、と思ったら、玄関先でノワールが不貞腐れながら待っていた。ずっと子供たちの面倒を見ていたから、ご機嫌斜めなのかもしれない。そのせいで、きっと魔力が駄々漏れなのだろう。

「凄いね、ノワール！　一人で帰ってこれるなんて！」

ノワールのご機嫌を宥めるように声をかける。

『……おそいよ』

「うん、ごめんね。ごはんも食べたいよね。ちょっと待ってね」

『いいよ。あのこどもらのほうをさきにめんどうみてあげなよ』

拗ねながらも、子供たちのことを気にかけてあげるとは！

「え、なに、ノワールってば、いきなり大人になっちゃった⁉」

『ぼ、ぼくは、こりゅうさまのけんぞくだからね、それくらいこころがひろいんだ（まっているあいだに、ブルーベリーをたべまくってたのはないしょにしなくちゃ）』

「そっか、そっか！　偉い！　偉いね！」

思い切り抱きしめようとしたんだけど、『さつき、くさいぞっ⁉』と、嫌がられてしまった。その言葉に、結構傷ついた私（いや、確かに臭いんだけど）。

この臭いをさせたまま部屋に入るのは嫌だったけれど、子供たちを待たせていることを考えると、そんなことも言ってられない。

「子供服なんか、うちにないし……バスタオルとか、ちょっと足りないんじゃ……それよりも食べ物とかも……この時間から作るのは無理だから……」

とりあえず、目に入った物すべてを『収納』して、最後に風呂小屋もしまう。

「ノワール、眠かったら、寝てていいからね！」

『……わかった』

返事をすると、大人しく家の中に入っていくノワール。

『やっぱ、くさい……』

「うん？　なんか言った？」

『なんでもなーい。おやすみー』

ノワールの返事を聞いた私は、大急ぎでビャクヤのもとへと走るのだった。

＊　＊　＊　＊

ガズゥたちが攫われたのは、村人たちが魔物退治に出ていた日だった。

そんな中、討ち漏らした魔物たちが村を襲撃してきたのだ。

ガズゥとテオとマル、三人だけが、なんとか森の中へと逃げていた。しかし、途中からガズゥのペースについていけずにテオとマルは遅れだしてしまう。二人を待つために足を止めた時、予想外の方向から襲撃を受けた。

それも魔物ではなく、複数の人族によって。

結局三人は逃げきれずに捕まり、身ぐるみをはがされ、奴隷が着る服を着させられた。中でもガズゥは激しく抵抗したものの、大人相手では敵うわけもなく、気を失ってしまった。

次にガズゥが目を覚ました時には、テオとマルが彼にひっつきながらめそめそと泣いていた。

それでも泣かなかったのは、ガズゥはフェンリルの血を引くと言われる狼獣人の跡取り息子としての誇りがあったからだ。

だからこそ、ガズゥの庇護下にあるテオとマルを守らねばとは思うものの、実際には多くの人族の大人たちを相手にできるほどの力がないことを思い知らされた。

捕らえられてから数日移動したのち、彼らは馬車から降ろされた。ずっとまともな食事も与えられなかったせいで朦朧としていたガズゥたち。それでもここがどこかの山の中の、盗賊か何かの根城だろうということはわかった。

ふと視線を感じ、そちらへ目を向けるガズゥ。そこには巨大なフェンリル（実際はホワイトウルフのビャクヤ）の姿が見えた。こんなに近くにいるというのに人族どもはまったく気付いていなかった。

フェンリルと目が合った気がしたガズゥだったが、気力のなくなっていた彼は、いいように人族に引っ張られて転がされ、ずるずると引きずられていくしかなかった。

鼻が曲がるような悪臭の中、押し込められた牢の中には先客がいた。

ガズゥたち同様にぼろをまとった、人族の女の子たち。彼女たちもどこからか攫われてきたのだろう。ガズゥたち以上に消耗していたが、彼女たちを思いやれる余裕などなく、三人だけで身を寄せ合っていた。

与えられるのは、水と黴たパンだけ。何もないよりはマシだと、口にしていた時に、それは起こった。

男たちの怒声とともに、助けを求める喚き声。そして、狼たちの遠吠えや唸り声。

ガズゥたち三人は身体を寄せ合いながら、外の騒動が落ち着くのを待った。

しばらくすると、ホワイトウルフが数匹洞窟の中に入ってきたが、ガズゥたちの方をちらりと見ただけでそのまま出て行ってしまった。

あの様子だと、人族の男たちは、ホワイトウルフにやられてしまったに違いない、とガズゥは思った。自分たちはこのまま牢の中に閉じ込められたままなのだろうか。

——はらをへらしてしぬなんて、かっこわるいなぁ。

そんなことをぼーっと考えていたガズゥだったが、かなり時間が経ってから今度は別の人族が現れた。

その人族はあの臭い男どもとは違い、花のようないい匂いをさせていた。その上、フェンリルを従えてすらいた。

フェンリルによって思い切りドアが壊されて呆然としていると、聞いたこともない言葉で話しかけられた。当然、何を言っているのかはわからない。

人族が慌てて、どこかから何かを取り出して再び話しかけてきた。

「よし、さてと、私の言葉、わかる？」

ガズゥは、人族からの優しい問いかけに身体がピクリと震えた。

——もしかして、ぼくたちはたすかるのかな。

彼らに、ほんの少しの希望が見えた瞬間だった。

＊　＊　＊　＊　＊

キャサリン・エクスデーロ公爵令嬢は、つい先日、十歳の誕生日に婚約者のアーサー王子から貰(もら)った髪飾りに手を触れた。王子の瞳の色と同じロイヤルブルーの大きめなリボン。キャサリンは微笑(ほほえ)みを浮かべながら、馬車の中から外の風景に目を向ける。

キャサリンたちは、半年ぶりに父方の祖父の前公爵に会うために、彼らの住む公爵領に向かっていた。公爵領に向かう道は魔物も盗賊も出ない、かなり安全な街道と言われていたのに、その日だけは違った。

ちょうど村と村の中間地点で、彼らの馬車は襲撃にあった。通いなれた道のため、護衛の騎士の数もいつもより少な目になっていたのが仇(あだ)となった。

『お嬢様！　絶対、中から出てはいけませんっ！』

護衛騎士の言葉に従い、メイド見習いのサリーと一緒に馬車の中で縮こまっていた。

しかし、多勢に無勢、護衛たちはことごとく倒されてしまい、キャサリンとサリーも馬車の中から引きずり降ろされてしまう。

「おやおや、お人形さんみたいなお嬢さんだな」

「ヒッ！」

下卑(げひ)た笑いを浮かべる男の顔を見ただけで、キャサリンは意識を失ってしまった。サリーはそんな彼女を守るかのように、小さな身体でキャサリンを抱きしめた。目に涙をためながら、男たちを睨(にら)みつけるが、男たちは気にせず二人を紐で括ると肩に担(かつ)いでその場から立ち去った。

＊　＊　＊　＊　＊

キャサリンが誘拐されてから三日後。祖父である前公爵からキャサリンたちが到着していないことを伝える早馬が、王都の屋敷に到着した。

その早馬が道の途中で、護衛たちとともに公爵家の馬車が変わり果てた状態で放置されていたことを発見したことも同時に伝えられた。

「なんてことだ……」

現場に到着したエクスデーロ公爵は、怒りに身体を震わせながら、ドンッ、と残されていた馬車を殴りつけた。

「公爵様、嘆いている場合ではございません！　すぐにでもお嬢様を探さねばっ」

そう叱咤したのは、公爵の乳兄弟でもあり執事として仕えているサイラス。

「……くっ、わかっておるっ！」

サイラスは両手を握りしめながら、自分に言い聞かせるように呟く。

「きっと大丈夫です。娘のサリーが一緒にいるはずですっ！　必ず、見つけ出してみせます！」

公爵はくしゃりと顔を歪ませると、大きく頷いた。

＊　＊　＊　＊　＊

盗賊から奴隷が着るような貫頭衣を渡され、着替えさせられたキャサリンたち。そのうなじにはすでに『隷属の紋』がいれられていた。

「いいんですかい、頭(かしら)」

配下の男が、前を歩く盗賊の頭に声をかける。

「せっかくの上玉だぁ、金になるのに殺すなんてもったいなかろうが」

「いや、だって、お客の依頼はあの子供を消せってことだったじゃ……」

「他国に売りつけてしまえば、同じようなもんだろ。だいたい、もう『隷属の紋』が入っちまってるんだ。貴族のご令嬢としては生きていけまいよ」

「それはそうですがね」

配下の男は頭をガシガシッとかきながら、牢の方に目を向ける。

「まぁ、あの様子じゃ、長くは持たないか」

ボソリと男は呟くと、頭の後を追った。

五章

子供たちと賑やかな夏

真っ暗な中、立ち枯れの拠点に戻ってみると、小屋の中で子供たちはそれぞれに固まっていた。獣人の子はガズゥを中心に、キャサリンとサリーは二人で抱き合っている。場所が変わったせいか、ホワイトウルフたちがいるせいか、一番年下のように見えるマル以外、起きて待っていた。

——そうだよねぇ。怖かったもんねぇ。

異世界(こちら)ではあんなのが日常茶飯事なのか、と思うと背筋がゾッとする。

気楽に軽トラで旅に出ようなんて思ってたのが、明らかに常識外れであることに気付かされた。

それよりも今は、子供たちのことが先だ。

——お風呂(ふろ)に入ればきっと、少しは身体も心も休まるでしょ。

光の精霊の灯(あか)りは消えてしまっているので、周囲は真っ暗。私はタブレットの『収納(しゅうのう)』から、ＬＥＤライトを取り出して灯りを点(つ)ける。その明るさに、子供たちはびっくりしている。

——うん、光の精霊の灯りって、もっと弱かったもんね。

私は次にログハウスから持ってきたペットボトルを取り出す。紙コップに水を入れて、それぞれに渡す。最初はコップを不思議そうに見ていたけれど、すぐに水を口にした。冷やしてあったやつだったから、ちょっと驚いている。

I Bought a Mountain

Living in another world isn't bad either.

「さて、みんなお風呂に入ってくれるかな？」

獣人の子供たちのほうはピンとこないようで、首を傾げているけれど、女の子たちはビクッと身体を揺らしたかと思ったら、目をキラキラさせている。

「お、おふろにはいれるの？」

キャサリンが期待のこもった声で聞いてくる。

「うん、今用意するけれど、キャサリンは一人でお風呂に入れるかな？」

「え、あ……」

おっと。もしや、貴族のお嬢様は、風呂には一人で入らないのか。

「わ、わたしがおてつだいしますっ」

サリーが健気にそう言ってきた。身体は小さいし、年齢も下のように見えるけど、この子はキャサリンのお世話係か何かだったのか。

「ん〜、じゃあ、私もお手伝いしてあげるから、サリーも一緒に入っちゃおう」

「え、で、でも」

「キャサリン、ダメかな？」

「……サリー、だいじょうぶ？」

「だ、だいじょうぶですっ、アンナさんのおてつだいしてたから……」

アンナさんというのは先輩か何かなのだろう。やる気が出ているんだったら、さっさと入ってしまうに限る。もうかなり遅い時間だし、身体をあったためてぐっすり眠ってもらうのが一番だ。

「じゃあ、今、お風呂用意するね。ちょっと待っててね」

ＬＥＤのライトを足元に置いて『収納』から風呂小屋を取り出して、ユーカリの木の近くに置く。風呂小屋の扉を開けて、中に入ってすぐにお湯を入れ始めた。


水が溜まるまで少しかかるので、その間に焚火をおこすことにした。ＬＥＤライトはお風呂場で使うので、小屋のほうは暗い。それに、夜はまだ少し寒いのだ。『収納』にストックしてた薪や、枯れ木や草（たんに捨て忘れとも言う）が役に立ってよかった。


「えーと、ライター、ライターっと」

カチッという音とともに火がついた。徐々に火が広がり、なんとか焚火完了。その間に、お風呂はお湯でいっぱいになっていた。


「じゃあ、先に女の子組、お風呂に入って身体を洗っちゃおうか。男の子組は、焚火にでもあたってて」

「あ、あの、おふろってなに？」

ガズゥが不安そうに聞いてきた。

――え、マジ？

ガズゥの言葉に、一瞬固まる。

「え、お風呂って知らないの？　身体の汚れをお湯につかって洗い流すことなんだけど」

「からだのよごれ？　おれたち、ぬのきれがあればいい」

「うん？」

「あそこ、あのいけのみず、つかっていい？」

「まさか、布を濡らして、身体を拭くとか言ってる？」

「おれたち、いつもそう」

――マジかー。

いや、まぁ、あの臭さからして予想してしかるべきだったのか。てっきり、牢に閉じ込められている間になにやら色々あっての、あの臭いかなぁ、と思っていた。もしかして、こちらの普通は、ソレなのか。

いや、でも、キャサリンたちはお風呂を喜んでいたし……もしかして、上流階級では普通でも、一般的ないわゆる平民には普通じゃないのか。

しかし。

「いや、せっかくだから、ガズゥたちもお風呂入ろう」

「……おふろ、はいる？」

「うん、まぁ、ちょっと待ってて。さぁ、キャサリン、サリー、お風呂にいこうか」

風呂小屋のドアを開けると、湯気がもくもくと出てくる。脱衣所はないので、この中で着替えてもらうしかない。さすがにキャサリンたちが小さくても、三人は狭い。

先に身体を洗ってから湯舟につかってもらわないと、確実にお湯が汚れる。男の子たちが入る前に入れ替える時間がもったいないから、きっちり洗わなくては。

キャサリンは大人しく身体を洗わせてくれて助かった。泡のボディーソープが不思議だったようで、二人ともが何度もポンプを押したのは困った。シャンプーとリンスもしてあげたいけれど、サリーのほうがこくりこくりとしだしたので、頭もそのままボディーシャンプーで洗ってしまった。

流したお湯が、なかなかの色合いになっている。男の子たちだと、どうなってしまうんだろう。

「さぁ、二人とも、湯舟に入って」

洗った頭をタオルで包んで、並んでお風呂につかっている二人。頬を赤く染めて、二人ともすぐにうつらうつらしだす。

「じゃあ、10まで数えたら、あがろうか」

「かぞえる？」

「キャサリンは数えられない？」

「いいえ！　できるわ！」

「サリーは？」

ふるふると頭を振る。

「じゃあ、キャサリンと一緒に数えてみよう！　せーの」

「いち、に、さん、し……」

キャサリンの口元を見ると、私のイメージしている発音と違うのがわかる。

——たぶん、これ、日本語じゃないんだよなぁ。

そう思いながら、声を合わせる。サリーも一生懸命にキャサリンの口真似をしていて、可愛い。

数え終えた二人を風呂から抱き上げて、バスタオルで拭いてあげる。そして非常用の紙パンツを穿かせてから、私のTシャツを着せた。私のサイズだから大きいかもしれないけれど、今は非常時だから勘弁してもらおう。Tシャツは、ちょっとしたワンピースサイズになってしまった。

風呂小屋から出てきた二人は、ボディーソープのいい匂いになった。そのせいか、ホワイトウルフたちがこちらに顔を向けている。そして、獣人の男の子たちもだ。

毛布を取り出し、女の子組をくるんで小屋の片隅に座らせると、次は焚火のそばにいた男の子たちだ、と目を向ける。

結果的に、男の子組は、まぁ、見事に大騒ぎだった。主に一番下のマルが。

ひと眠りしたせいもあるかもしれないが、ボディーソープの泡に興味をもったかと思ったら口にするし、シャワーのお湯をごくごく飲むし、泳ぐほど広くもないのに湯舟で泳ごうとするし。

むしろ、大騒ぎしそうなイメージだったテオのほうが、大人しく身体を洗わせてくれたのが意外だった。ガズゥは率先して自分で身体を洗ったり、風呂に恐る恐るでも自分で入ったりしたので助かった。

身体を洗って気が付いたのは、ガズゥだけが銀髪で、テオとマルはブラウン系だったこと。ガズゥのなかなかのイケメンぶりに、まるで、昔の某アニメの妖狐をイメージしてしまった。

彼らにも、紙パンツを穿かせるか迷ったが、渡す前にTシャツを着てさっさと出ていってしまったので、まだ子供だし、まぁ、いいかと諦めた。

「でも、明日にでも子供服買ってきたほうがいいかも」

毛布はすでに女の子組に渡してしまっているので、男の子組には、バスタオルとタオルケット、それにクッション性のあるキャンプ用のシートを敷いてあげた。

ガズゥはちびっ子二人にタオルケットを譲ってあげていた。さすがお兄ちゃんといったところだ。

「やば、トイレのこと教えてあげてない……あの子たち、もしかしてその辺で済ましたのかしら」

公爵令嬢のキャサリンは大丈夫だったのか。

もう横になってしまっているけれど、キャサリンには教えてあげたほうがいいかもしれない。

まだ起きているガズゥと無理に起こしてしまった寝ぼけ眼(まなこ)のキャサリンに、小屋の裏手にあるトイレを教えてあげた。

「く、くらいですわね」

「そうか?」

夜にトイレに行きたくなった時、特に女の子組は厳しいかもしれない。

簡単に使い方を教えて、ちびっ子たちに教えるのはそれぞれに任せることにした。ガズゥだけ先に戻らせて、キャサリンはそのままトイレへ。灯りがあるうちに済ませてしまいたいのは、すごく理解できる。

私とキャサリンは一緒に小屋まで戻ると、キャサリンはするりとサリーの隣に潜り込んだ。

彼らの様子を見ていて、一時的にでも、ここで生活できる環境を整えてあげないとダメかもしれない、と実感する。そもそもログハウスにこの人数は厳しいいし、ノワールもいる。

「いや、久々に疲れたわ」

『お疲れ様です』

「お、ビャクヤ」

ふらりと私の隣に座り込むビャクヤ。思わず、ギュッと抱きしめてしまう。

「……臭くてごめんね」

『仕方ありませんね』

フフフッと、ビャクヤに笑われた気がした。


昨夜はフラフラになりながらも、ササっとお風呂に入ってベッドに倒れ込んだのだが、朝早くからノワールに起こされた。

『おなかすいたのだ』

「ふぁ～っ、ごめん、ごめん」

髪の寝ぐせがひどいまま、ノワール用に粉ミルクを用意する。それを飲んでもらっている間に、自分用のシリアルとブルーベリーを皿に盛る。今日はちびっ子たちの食事も準備しなくちゃいけないので、軽くすませることにする。

『さつき、ぼくにもちょうだい』

「わかった、わかった」

私よりも少し多めにブルーベリーを盛ってあげる。これくらいあげても在庫はまだだいぶある。

「早いところ、ジャムにでもしないといたんじゃうかなぁ」

私の食事としてはこれで十分なのだけれど、最近のノワールは、私の知らないうちに外に食べに行っているらしい……いわゆる魔物を。

うちの山の中にはいないらしいが、最寄りの山……あの盗賊たちがいた山とかの周辺には、色々いるらしい。昨日はビャクヤたちがいたから遭遇しなかっただけだったのかもしれない。

朝食を終えた私は、立ち枯れにいる子供たちの食事を用意するためにログハウスを出る。昨夜は遅かったから、きっとまだ寝ているだろう。

今日はビャクヤはいないのでバイクで移動。腰のカウベルの音は気になるものの、これを外す勇気はない。

立ち枯れの拠点に着いてみると、ガズゥが飛び出してきた。

「おはよう！」

「えっ⁉　お、おはよう？」

「みんなはまだ寝てる？」

「おんなのこたちだけ……」

バイクを止めて、小屋の方に行ってみると……ちびっ子男の子組が抱き合って目に涙をためていた。女の子たちは爆睡中。

「え、え、どうした、どうした？」

「す、すごいおとがきこえてっ」

「ぶるるぶるるいってたっ」

——もしかして、バイクの音かっ！

『さつき〜、そのおとのなるやつ、うるさい〜』

　子供たちを見守るために敷地にいてくれたユキに怒られてしまった。他のホワイトウルフたちが落ち着かな気なのは、バイクの音のせいなのだろう。

「ごめん、ごめん……こら、ガズゥ、それに触らないで！」

　バイクをつつこうとしているガズゥに注意する。ちびっ子たちがビビってるのに対して、ガズゥのほうは好奇心旺盛だ。

「さてと、女の子たちは……まだ起きてこないよね。ガズゥたち、朝ごはん、食べられるかな」

「くう！」

「くう！」

「うー！」

　昨日の憔悴していた様子に比べて、今の元気いっぱいな彼らにホッとする。

　何度も思うけど、ブルーベリー最強。

　池のところで顔を洗ってくるように言ってフェイスタオルを渡すと、さっさと動き出す男の子組。

「もしかして、あれだけ元気ならしっかりしたのが食べられる？」

　最初は、捕まっている間はあまり食べていないだろうから、胃がびっくりしないようにレトルトのおかゆでもと思ったのだけれど、ああも元気なら。

「ソーセージと目玉焼きでも大丈夫かな」

　私は『収納』からミニテーブルにカセットコンロとスキレットを取り出すと、さっそく朝食の準備にとりかかった。

自分はシリアルで済ませてきたけれど、子供たちのを作っているうちにお腹が減ってきてしまったので、後で自分の分の目玉焼きも焼くことにする。

ログハウスの敷地で飼っている鶏の卵は相変わらずデカいので、けっこう立派な目玉焼きが出来上がる。塩コショウをササッとかける。ソーセージはこの前大量買いしてあったのを持ってきた。

目玉焼きとソーセージ、それにバター入りのバターロールを紙皿にのせる。それにプラスチック製のフォークを添えて、子供たちに渡すと、三人ともが不思議そうに皿を見る。

「あ、もしかして、こっちには紙皿ないか……まぁ、いいか。フォークは使い方、わかる?」

「わ、わかるっ」

ガズゥが代表して答えたので、ちびっ子二人はそのまま彼にまかせることにした。

小屋の中では、女の子組がまだ寝ている。その間に私はレトルトのおかゆを温めることにした。

こっちは深さのある紙皿にいれて、プラスチック製のスプーンを添えた。

「あ、起きたかな」

もそもそと先に動き出したのは、キャサリンだった。まだ動き回る余力はないかもしれないと思ったので、彼女たちのところにおかゆを持っていく。

「おはよう」

「あ、おはようございます」

「……おはよう……ございます……」

「少しは食欲ある？」

差し出した深皿を受け取って、コクリと頷くキャサリン。プラスチック製のスプーンをしげしげと見た後、ゆっくりとおかゆを口にした。

「……おいしい」

「ふっ⁉　んむっ！」

キャサリンの声につられて、サリーもおかゆを食べ始める。

こっちは、なかなか豪快だ。口の周りに米粒がついてる。

振り返れば、男の子組はそろそろ食べ終えそうだ。

お代わりを用意する余裕はないので、ブルーベリーをザルに入れて池でさっと洗ってくる。かなりの山盛りになってるけど、子供たちが食べたらあっという間になくなりそうだ。

彼女らが食事をしている間に、私の自己紹介をする。昨夜は名前を言う暇もなかったのだ。

「私の名前は、モチヅキ・サツキ、サツキが名前なんで、呼ぶ時はサツキでいいよ。一応、そこの山の持ち主。あとは、ホワイトウルフたちの飼い主？　になるのかな」

「サツキ……さまは、きぞくなのですか」

キャサリンがおかゆを食べる手を止めて、小さな声で聞いてきた。

「ううん、違うよ。平民だよ」

「でも、みょうじがあるのは、きぞくだけなのに……」

「え、あ、そうなの？」

まさかの、貴族イコール苗字持ちとは。確かに、ガズゥたちは苗字は名乗ってなかった。

唯一の貴族はキャサリンだけ。きっと、お姫様扱いされていたのだろうけれど、今の環境では、無理だ。

できれば早いところ、自分たちの家に帰らせてあげたいが、まずはもう少し体調を整えないとね。

獣人の子供たちは、すでにそこそこ元気には見えるけれど、女の子たちは長距離を移動させるのはまだ難しそうだ。

「午後からちょっと買い出しに行ってくるから、ガズゥ、お留守番任せてもいいかな」

「……まだ、ここにいてもいいの？」

「構わないわ。また人攫いとかが来たらマズイし。ここだったら、結界があるし、ホワイトウルフたちもいてくれるから」

のんびり朝寝をしているホワイトウルフたちに目を向ける。ユキとスノーまでも、小屋の近くで二匹一緒に寝ていた。

「一応、このパンとブルーベリー、置いていくね。帰ってきたら、ごはんまた用意するから」

「……もどってくる？」

マルが目を潤ませながらシャツの端をつかんできた。

——うっ！　可愛すぎるぞっ！

「戻ってくる、戻ってくる」

マルをギュッと抱きしめてあげる。昨夜お風呂に入ったから、今日はボディーソープのいい匂いがまだ残っている。

食事を終えて片付けをした後、何かあった時のために、獣人の子供たちにログハウスへと向かう道を案内する。さすがにキャサリンたちはまだ身体が十分に休めていなかったのか、食事を終えたらこっくりこっくりしだして、二度寝に突入してしまった。

私はバイクを押しながら、坂道を上る。エンジン音は彼らには爆音に感じるようなので、エンジンはかけない。私一人じゃキツイけど、ガズゥたちが後押ししてくれてるので、少しはマシだ。そんな私たちの後を、ホワイトウルフが二匹ついてきている。

ログハウスの敷地までやってくると、ガズゥたちは大きく目を見開いて驚いている。もう少し大きな家にしていたら彼らも泊めてあげられたのに、と少しだけ後悔。

「そうだ、向こう側の道にはさくらんぼが実ってるのよ」

「さくらんぼ?」

首をかしげる子供たちに、桜並木のあるほうを指さす。

バイクを置いてから、敷地を抜けて子供たちを連れていくと、手を伸ばして取れるところにさくらんぼの実が一つ生っていたのでそれを採って、味見をする。

「んっ、甘いね」

種を掌に吐き出す。その辺に落としたら、芽が出るかもしれないので、ポイっと山の斜面の方に投げた。

ガズゥたちからの物欲しそうな視線を受けて、いくつか採って渡してあげる。

「ん⁉」

「あまいっ！」

「……おいしい」

皆がそれぞれ、さくらんぼの美味しさに感動している。

「待っている間に小屋においてあるブルーベリーでも足りなかったら、ここのさくらんぼを採って食べてもいいよ。この道沿いにずーっとあるからね。あ、ブルーベリーのカゴが空になったら、ここに入れてキャサリンたちにも分けてあげてくれる？」

その言葉に子供たちは目をキラキラさせながら、コクコクと激しく頭を上下する。ふさふさになった尻尾も盛大に揺れている。

「食べすぎてお腹を壊さないようにね。そうだ、ガズゥ、トイレの使い方、教えてくれた？」

「ま、まだ！」

「そうか、後でちゃんと教えてあげてね？」

しっかりと頷くガズゥの頭を撫で、再びログハウスの敷地へと戻ろうとした時、ガズゥたちの足が止まった。

何事？　と思ったら。

『さつき〜』

「ノワール⁉」

ノワールが玄関から出てきたかと思ったら、ぴゅーんと飛んできた。慌てて、ノワールを抱きとめる。

「うわっと。どうしたの」

『ちょっとさびしかっただけー』

うりうりと頭をこすりつけてくるノワール。重いんだけどー！

「あ、そうだ、ガズゥたちにも紹介しないと……って、どこいった⁉」

振り向いたら、ガズゥたちの姿が見えない。ホワイトウルフたちも、なんかさっきまでよりかなり離れてない⁉

『あ、ごめーん。まりょくがこすぎたみたいだ……』

――これがいわゆるテヘペロとかいうヤツか！

可愛いけど、もう少しセーブを覚えてくれと、すごく思った。

結局ガズゥたちはノワールにビビって、ログハウスの敷地には入ってこれなかった。あんなちびっこいのに、やっぱり魔力がネックなのか。私はいまだに感じ取れない。

仕方ないので、ノワールを抱えてログハウスの中へと駆け込んだ。

「今のうちに行って～！」

ドアの隙間から叫んだ私の声を聞いたガズゥたちは、慌てたようにホワイトウルフたちと一緒に立ち枯れの拠点のほうに走っていった。

彼らがいなくなったのを確認してホッとした私は、買い出しのためにそのまま軽自動車であちら(日本)へ向かうことにした。

まずは、買わなければならないのは子供たちの服だ。

さすがに、Tシャツ一枚だけを着せたきりにするわけにもいかない。まさか、結婚も出産もしないうちに、子供服を買いに行くことになるとは思わなかった。

いつも行くホームセンターにもスーパーにも子供服は売ってなかったので、隣の市にある大型のショッピングモールに行くことにした。

ありがたいことに子供服の専門店があり、サイズやら、デザインやら、正直わからなかったけれど、安くなっているのをまとめ買いすることにした。

しかし、子供服といっても馬鹿にならない。枚数買うと、けっこうな金額になってしまった。服だけではなく下着も必要だったし、靴はサイズが難しかったのでビーチサンダルを買ってみた。

「気に入ってもらえればいいけど……キャサリンには厳しいかな」

軽自動車に乗ると、後部座席に積まれた、洋服の入った紙袋に目を向ける。

汚れてもよさそうなのばかりなので、貴族のお嬢様には嫌がられるかもしれないかな、と、ちらっと思ったけど、そこは我慢してもらうしかない。

そのままの流れで、スーパーで食料を、ホームセンターでは立ち枯れの拠点に必要そうなもの（ライトとか寝具の類）を買い込んだ。

「そうだ、稲荷さんに相談しとかなきゃじゃない」

すでに日が暮れ始めているせいで気持ちがはやるけど、ここで事故ったら、目も当てられない。

なんとか管理小屋についた頃には、完全に日が落ちていた。でも、まだ管理小屋に灯りが点いているから、誰かしらいるはずだ。

「こんばんは！」

人気のない管理小屋に私の声が響き、奥の部屋でごそごそと誰かがいるのがわかる。

「すみませーん」

「はいはい」

――よかった。まだ、稲荷さんがいてくれた。

「どうしました？」

すっかり帰り支度を済ませている稲荷さんだったけれど、私のほうはそれどころではない。

「あの、あちらのことで相談が」

「何かありました？」

「えーと」

この場で話し始めていいのか悩んでいると、今日はもうバイトの若者はいないというので、昨夜からの出来事を稲荷さんに話す。

「まったく、どうしようもないヤツらは、どこにでも蔓延っているんですねぇ」

一通り聞いてくれた稲荷さん。なんか、目に見えない、オーラが溢れているような気がするんだけど気のせいだろうか。顔つきも、普段よりもお狐顔なような……。

「とりあえず、一度、一緒に行きましょうか」

「え、いいんですか⁉」

「はい。私もちゃんと状況を把握しておかないと……色々対応しなきゃいけないようですからね……はぁっ」

大きなため息をついた稲荷さんに、申し訳ない気分になりながらも、少しだけホッとした。


トンネルをくぐりこちらに戻ると、立ち枯れの拠点への分かれ道まで向かう。

分かれ道に到着して、その場に車を止める。

買い出ししてきた荷物を『収納』に入れかえて、エンジンを止めて車から降りる。

「なるほど……ずいぶんと頑張りましたねぇ」

後ろについてきた軽トラから降りてきた稲荷さんが、ガーデンライトのついている周囲を見回しながらそう言った。そういえば、暗い時間に来たことはなかったかもしれない。

「でも、ここから先は、まだ灯りがないんですよね」

立ち枯れの拠点に向かう道にはまだガーデンライトを挿していないから、真っ暗だ。

最初はログハウスまで戻ってスーパーカブで行くつもりだったけれど、想定外に稲荷さんが来てくれることになったので、ここに車を置いて歩いていくしかない。

正直、ちょっと距離があるけれど仕方ないだろう。

「ふむ。とりあえず、灯りですね」

稲荷さんの掌から、ほわんっと青白い炎が浮かんだ。

「え」

――もしや、狐火？

「さて、ここから下りていけばいいんですかね」

「あ、はい」

稲荷さんは、一瞬考え込み、空を見上げる。

「（うーん、ホワイトウルフたちは近くにはいないようですね）」

ボソリと何か呟いたかと思ったら、ボワンッという音とともに、いきなり稲荷さんが狐の姿に変わってしまった。

初めて会った時のような巨大な姿ではなく、ビャクヤくらいの大きさだろうか。

思わず呆気にとられる私。

『さぁ、さっさと我の背に乗れ』

そう促されたけれど、すぐに動けずにいると、稲荷さん……稲荷様が私の腕を鼻先で押してきた。

『はよ乗らんか』

「あ、はいっ」

言われたとおりに乗ってしまってから、神様の背中に乗ってもよかったんだろうか、とチラリと思ったんだけれど、それも一瞬。

青白い火の灯りを頼りに、ガサガサと進んでいく稲荷様。あっという間に拠点の小屋の裏手に着いてしまった。

「あれ……何かが燃えている匂いがする」

慌てて稲荷様の背から下りて小屋の入り口へと向かうと、なんと子供たちが揃って焚火に当たっていた。

「あ、サツキさん、おかえりなさいっ」

どうやって火を点けたんだろう？　と疑問に思っていると、私に気付いたガズゥが嬉しそうに立ち上がってこちらに歩いてきた。他の子供たちも、なぜか立ち上がっている。

しかし、私の後ろにいる稲荷様に気付いたのか、ガズゥは足を止めた。

「あ、驚いたよね。えと、こちらは……あ」

振り向いてみたら、すでに人の姿に戻っている。器用な神様だ。

「あー、私がお世話になっている稲荷さん」

「どうも、こんばんは……おや、君はフェンリルの血を引いてますね」

「えっ」

「は？」

稲荷さんの言葉に固まる私。

――フェンリルって、ビャクヤたちの先祖って言ってなかった？　それが、ガズゥにも流れてる？　え？　どういうこと？

「その辺の話はまた後にしましょう……それよりも、もう、こんな時間です。お腹を空かせているんじゃないですか？」

「あっ」

私は慌てて『収納』から、今日の戦利品をどんどん出し始める。

今日はもう暗くなっているので、シンプルにレトルトのカレーで我慢してもらう。ちゃんとお子様用のカレーを買ってきた。まとめて安売りしてたから、だけではない。

私が荷物を出している間に、稲荷(いなり)さんは何やらキャサリンとサリーと話をしていたようだ。何を話していたかは気になるところだけれど、それよりも食事だ。

彼らの食器を置くための大きなテーブルはないので、ビニールシートを広げる。直置き(じか)になるのは我慢してもらわねば。食器の他に、調理用のミニテーブルを置く。獣人の子供たちは、ビニールシートに興味津々。

その隙に焚火のほうで、ホームセンターで買った大きめの鍋で湯を沸かす。急ぎなので今回は米はなし。フランスパンを買っておいたので、それを出すことにする。

レタス一玉を取り出して、どんどんむしる。それとプチトマトをザルに入れて、ざっと洗う。キュウリも洗って、斜めに薄切りにする。プラスチックの食器を多めに買ってきて正解。人数分に分けて、買ってきたドレッシングをかけるだけ。

私が野菜を盛っていると、獣人の子供たちの興味は私の手元に移ったらしい。

「それ、なに?」

最初に聞いてきたのはマル。

「どれのこと?」

「この赤いの」

「ああ、プチトマトね」

「ぷちとまと？」

「はい、あーん」

「？　あー」

大きく開いた口に、プチトマトを一つ入れてあげると、むぐっと食べた。

「ん⁉　甘い？　でも、すっぱい」

「おいしい？」

「うんっ」

目をキラキラさせてるのでついつい頭を撫でたくなるけど、まだ料理の途中だ。羨ましそうなガズゥとテオにもぽいっと入れてあげる。

「むっ⁉」

「……うまい」

「そう？　よかった」

サラダの用意を済ませて、フランスパンを適度な厚さに切って、大きめのカゴに入れる。その頃には、レトルトのほうもすっかり温まっているので、器に盛りつける。

「いい匂いですねぇ」

「ごめんなさい、稲荷さんの分はないです」

「……いいです。うちで夕飯がありますから」

――そういえば奥さんがいるって言ってたっけ。

少し気にはなるけれど、それよりも子供たちだ。

子供たちは目の前に置かれたカレーの匂いに惹かれているけれど、大人しく待っていた。

「さて、じゃあ、どうぞ召し上がれ」

私の言葉と同時に勢いよく食べだしたのは獣人の子供たち。女の子組は、むしろ、恐る恐る。

「キャサリンたちは無理しなくていいからね。よかったらパンにつけて食べてみて」

こくりと頷くと、キャサリンはフランスパンにカレーを少しだけつけて食べた。

「!?」

大きな目がより一層大きくなって、零れそう。

「大丈夫？　辛くない？」

「……ちょっとからいけどだいじょうぶ」

サリーのほうは大丈夫かなと思ったら、さっきの恐々としてたのが嘘のよう。昨日のあのボロボロな状態はどこにいったのか、と不思議に思うくらい、獣人の子供たちに負けないくらいにがっついていた。カレーって凄い。

子供たちが食べている間に、稲荷さんと話をする。

私もちょっと小腹がすいたので、買ってきていたアンパンを取り出す。稲荷さんに差し出したら、受け取ってくれた。

「あのキャサリン嬢は、やはり公爵家のご令嬢で間違いないですねぇ」

「それって、私の認識では、お貴族様なんですけど」

「ええ、その通りです……望月(もちづき)様、もう『地図(ちず)』のアプリ、使えるようになりました？」

そう言われて、慌ててタブレットを手にして見るけれど、まだ何のメッセージも来てないので、KPが必要量までいっていないのだろう。ていうか、『地図』アプリだけじゃなく、『翻訳(ほんやく)』アプリと『収納』のアップデートにも使いたいのに、KPが全然貯まらない！

「……まだです」

「なるほどー。じゃあ、仕方ない」

稲荷(いなり)さんが落ちていた枝を手に、地面に絵を描きだした。

「大雑把(おおざっぱ)にですが、この世界には三つの大国があります」

三つの丸を並べて描いた後、小さな三角を上と下に追加した。

「上の三角が古龍(コリュウ)様がいらっしゃる北の山だと思ってください。そしてこの下の三角が今私たちがいるこの山。実際にはもっと山がありますので、あくまで目安です。小さい国もいくつかあるにはありますが、それも今は省きます。で、まずキャサリン嬢のお国は、こっち」

西側の丸を指さす。

「こちらの国ですねぇ。ここからだと、このまままっすぐ進んだ方向です」

稲荷(いなり)さんは真っ暗になって広がっている荒れた土地の方を指さした。

「そして、たぶんガズゥくんたちの村があったのは、このキャサリン嬢の国とその隣国、この真ん中の丸の国との国境辺りでしょう」

「うん？　ガズゥはキャサリンとは国が違うの？」

「ええ。獣人が多く住む国はこの真ん中の国ですね」

「なんで彼らが一緒に捕まっていたのかしら」

「さぁ、そこまでは私にもわかりません。キャサリン嬢は公爵家のご令嬢ですし、きっと今頃、家の者たちが探しているでしょう」

「だったら、早く帰してあげないと」

「うーん、そうなんですけど……望月様、彼女たちのこと送っていきます？」

「え、そりゃぁ、送れるのでしたら送ってあげてもいいと思いますけど」

「でも下手すると、誘拐犯で捕まるかもですよ？　あるいは、理由も聞かずに殺されちゃうかも」

「えええっ」

そ、そんな物騒な国なのっ⁉

「ここは、古龍様が来られるまで待ったほうがいいかもですねぇ」

「なんで？」

「古龍様でしたら、普通の人間が殺そうとしてきても死なないでしょうから（むしろ、国ごと消し

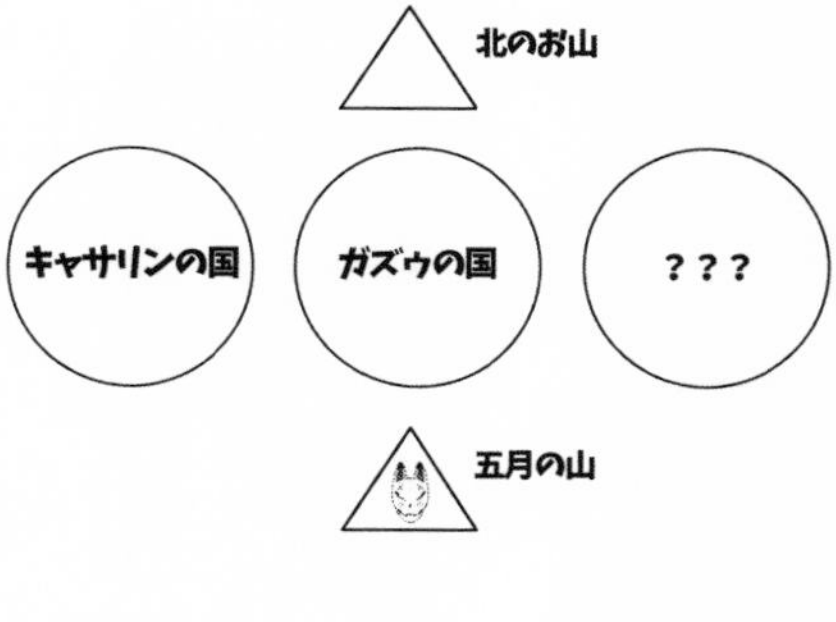

北のお山
キャサリンの国
ガズゥの国
???
五月の山

飛ばしそうですけどね）」

「……殺されそうになるの前提なのね」

「最悪のパターンを考えておくべきですよ」

稲荷さんの言葉に考え込んでしまう。

「万が一、キャサリン嬢の家の者のほうが先に来たとしても、望月様が認めない限り、この結界の中には入ってこれないでしょうから、それほど気にすることはないかもしれませんけどね」

「え？　来る可能性があるんですか？」

「あー、たぶん、あの小さい女の子のほうなんですけど」

まだパンをむしゃむしゃ食べているサリーに目を向ける。口の周りにカレーがべったりとついてしまっている。のほほんと癒された気分で見ていたところに、稲荷さんから爆弾が投下される。

「いわゆるＧＰＳみたいな力があるようですね」

「は？」

「まぁ、ノワールほどじゃないですよ？　特に『隷属の紋』が付けられていた間は魔力が枯渇していたでしょうから、公爵家でも場所を把握できてなかった可能性はありますがね」

「え？　え？　え？」

私が困惑しているところに、声を小さくして稲荷さんが教えてくれた。

「彼女の右肩の中に、魔石が埋め込まれているんです」

「……何それ」

「そんなに大きな物ではありません。さすがに、マイクロチップみたいな小さな物ではありませんが、おそらく親指の爪くらいの大きさの物が入ってますね」

「そんなの身体に入れて大丈夫なんですか」

「私の目で見る分には問題はなさそうですね。よっぽど技術のある者が埋め込んだのでしょう。それだけ大事にされているとも言えるのでしょうが（自爆するような物騒なのじゃなくてよかったですよ）」

「それって、こっちでは一般的なことなんですか」

「……いいえ。それでしたら、キャサリン嬢本人にすればいいことですから」

なぜ、サリーに？　という疑問は残ったものの、彼女たちを迎えに誰かしら来る可能性が出てきたことはよかったかもしれない。

万が一、誤解されて捕まりそうになったり、襲われる事態になったりしたら、さっさと結界の中に逃げ込もう。

「その迎えがどれくらいで来るのかは、わかりませんけどね」

「こっちって、当然、車とかないんですよね？」

「はい。速さだけでいえば、飛竜を使って飛んでくる可能性はありますけど」

「は？」

なんか、聞いちゃいけないようなワードがあったような気がするのだが。

「まぁ、公爵令嬢を迎えに来るなら通常は馬車でしょうねぇ」

「ば、馬車ですか」

あの荒地のようなところを馬車で来るとなると、相当時間がかかりそうな気がする。道らしい道も見えないし、ここまで無事に馬車が走ってこれるのか心配になる。

「それと、獣人の子供たちのほうですが、何か話を聞いてますか？」

「いえ、まだ、たいして話をしてません」

キャサリンたちのほうが弱っていたこともあって、ガズゥたちとちゃんと話をしていなかった。

「なるほど。では少し彼らとも話をしてみましょう。もしよろしければ、その間に彼女たちの世話をお願いします」

「すみません、助かります」

私はキャサリンたちのそばへ行くと、サリーの口元のカレーを拭きながら、今日は一日何をしていたのか、話を聞くことにした。

キャサリンたちは朝食の後は二度寝をして、お昼過ぎに起きだした頃、ガズゥたちが山の方から木の実（さくらんぼではないらしい）をたくさん採ってきたのを分けて食べたのだとか。かなり気に入ったのか、嬉しそうに話してくれた。

先ほどの焚火は、なんとサリーが火種を作ったらしい。彼女は魔法で小さな火を出すことができるのだそうだ。こちらではそれを『生活魔法』といって、そういう魔法が使える者は貴族の家で重宝されるとのこと。目の前で、ポッと指先から火が出たのにはびっくりだ。

「お待たせしました」

稲荷(いなり)さんが、ガズゥたちを連れてやってきた。

「やはり、彼らは獣人の国の、それも狼獣人の村の子供たちだったようですね」

「その村はここからは」

「そうですねぇ。キャサリン嬢たちの住まいが王都だとしたら、同じくらいの距離でしょうか」

「それって、けっこう遠いんですか」

「遠いですねぇ。それに、ガズゥたちの村は魔物の襲撃にあったらしくて」

「魔物の襲撃？」

「ええ。魔物から逃げる過程で人攫(さら)いに襲われてしまったそうで。そのまま捕まったそうです」

私は言葉が出なかった。

私自身、生きている魔物といえばホワイトウルフしか見たことがない。それ以外では、ビャクヤたちが時々持ってきてくれる魔物はすでに死んでるし、襲われたこともないから、危機感を感じたことがなかった。

「たぶん、戻っても彼らの村が残っているか……」

「そんな」

ガズゥたちへと目を向ける。真剣な顔で私の方を見ている。

「ガズゥ、あなたたち、村に戻りたい？」

「……戻れるなら」

「そっか」

「しかし、今の彼らじゃ、村に無事に戻れたとしても、また別の人攫いに捕まる可能性のほうが高いですよ（たぶん、このフェンリルの血筋の子が狙いなんじゃないかねぇ）」

「これも、古龍が来たら相談してみてもいい案件ですかね」

「そうですねぇ……望月様がお願いすれば、聞いてくれる可能性はあるかと（むしろ、邪魔者をさっさと消すくらいしそうだなぁ）」

稲荷さんの疲れた顔で、すでに遅い時間であることに気付く。

「すみません！　たいした食事もお出ししてませんでしたね！」

「いえいえ、お腹いっぱいにして帰ったら、妻に怒られますから」

何気に、稲荷さんの家はかかあ天下なのかもしれない。

稲荷さんは帰る前に、荷物の中にあった子供たちの服に気付いたのか、私にこっそり教えてくれた。尻尾を出す穴がないってことを。それを聞いて、項垂れた私。

「一応、穴をつけときました。ついでにうちの奥さんにでも、子供服を用意してもらっときますよ」

さらっと言って、車を置いている道の方へと向かっていく稲荷さん。

――うん？　「穴、つけときました」？

慌てて、男の子用の服をチェックして、尻尾専用の穴がついてるのを確認。

「……やっぱり、稲荷さんって、あんなんでも神様だったのね」

思わず零れてしまった言葉が、稲荷さんに届いていませんように、と思いながら彼の後を追いかけた私なのであった（しっかり聞かれて、ずっこけてたのを五月は知らない）。

翌日、彼らの朝食を作りに立ち枯れの拠点に行った時、小屋の中で皆の寝ている姿が目に入った。昨日ホームセンターで折り畳みできるごろ寝マットを人数分を買ったので、コンクリートに直で寝ているわけではない。

「おはようございます」

今日もバイクの音で目が覚めたのか、最初に起きだしてきたのはガズゥ。後からテオとマルも目をこすりながら起きだした。女子組は安定の熟睡モード。

「おはよう……ほら、さっさと顔洗ってきなさいな」

フェイスタオルを渡すと、三人揃って裸足(はだし)で小さい池の所へと走っていく。一応、ビーチサンダルを渡したのだけれど、裸足のほうがいいらしい。

昨夜、風呂上がりに着替えさせたパジャマは、三人お揃いのグレーのジャージ素材のTシャツに半ズボン。ちゃんと尻尾が出ている様子に、稲荷(いなり)さんグッジョブ、と心の中で褒(ほ)めておく。

戻ってきた彼らを、新しい服に着替えさせる。Tシャツにパンツのほうはジャージ生地。まとめていくらというので買ったので、色もデザインはバラバラ。マルには少し大きい感じだったり、ガズゥには小さい感じだけど、そこは許してもらおう。

ジャージのパジャマを受け取った時、三人とも目をキラキラさせていたけれど、新しく渡した服のほうは、ガズゥとテオは申し訳なさそうに、マルは変わらずに嬉しそうな顔をしている。

「今着ているのは寝る時に着るの。こっちは汚れてもいいものだから、こっちのに着替えてね」

ガズゥは頷くと、ちびっ子二人と一緒に着替え始めた。

私のほうは、朝食の準備に取り掛かる。朝食といっても、目玉焼きとソーセージ、バターロール。それに牛乳とブルーベリー。こうして子供たちにあげているせいで、ブルーベリージャムを作る間もなく、在庫がどんどん減っていく。

後で、子供たちにブルーベリーやさくらんぼを採るのを手伝ってもらうのもいいかもしれない。

ソーセージの焼ける匂いにつられたのか、女子組も起きてきた。

「サツキさま、おはようございます」

少し眠そうな顔のキャサリンと、大あくびしながらついてきているサリー。昨夜、風呂上りに着たお揃いのピンクのネグリジェは、なかなか似合っている。

「おはよう。二人も、あの池のところで顔を洗ってきて」

「はい」

キャサリンがサリーを連れて池の方へと歩いていく。

本来はサリーのほうがキャサリンの世話をしなくちゃいけないのだろうけれど、どうも子供返りしてしまったようで、キャサリンのほうが世話をしている感じだ。彼女たちはちゃんとビーチサンダルを履(は)いている。その間に彼女たちの着替えを『収納』から取り出す。こっちは、シンプルな紺色のワンピース。これにビーチサンダルは似合わないけど、まぁ、仕方がない。

服を着替え終えた子供たちは、レジャーシートにちょこんと座っている。可愛いらしい彼らに、ワンプレートにまとめてのせた朝食を渡す。

ガツガツと食べる子供たちの中、貴族のお嬢様であるキャサリンは、環境が環境なのでお皿を手にしながらなんだけれど、彼女だけは慣れたようにフォークを使い、目玉焼きを上品に食べている。

私も一緒に食べながら、空を見上げ、そして周囲を見渡す。

この敷地には、今は子供たちしかいないのだけれど、実は結界の周囲にはホワイトウルフたちがいたりする。ユキとスノーが、見守ってくれているのだ。

のんびり食事をしていても気になるのが、視界に入ってくる小屋だ。

先に食事を終えた私は、そのままタブレットを取り出し、『タテルクン』の確認をする。

最近はガーデンフェンスを作ることが多かったので、他のメニューを気にもしていなかったが、確認してみるといくつか新しい建物が追加されていた。

「といっても、かなり簡単な物が増えてるみたいね」

屋根だけの『東屋』や、まるで江戸時代の長屋のような『木造平屋』など、木材を使って作れるモノばかり。慌てて追加した感じに、イグノス様が覗き見をしているのだろうか、と思ってしまう。

さすがに『武家屋敷』みたいなのはスペース的に無理なので（そもそも作る気はない）、『木造平屋』を選択。これは一部屋しかないようで、それを連結すると長屋のようになる。一時的なものと考えれば、それでも十分だろう。ただ、台所はないから、外に調理場を作るしかないか。

「東屋を作って、そこを調理場として使えばいいか……え、何、水飲み場もあるじゃん」

さすがに蛇口はついていないけれど、石造から湧き水が零れていくタイプの水飲み場があった。

「サツキさん、なにをみてるの？」

一番に食べ終わったガズゥが私の手元に目を向ける。

「ん～、ちょっと家を作ろうかなぁってね」

「いえをつくる?」

「そう」

ちびっ子たちの食べ終えた皿を集めてくるガズゥが聞いてきた。

まだ食べ終えていないキャサリンとサリーも顔を向けてきた。

「あの、おれたちでもてつだえることある?」

「ありがとう。そうね……何かお願いしようかな」

「きのうみたいに、きのみをとってくることならできるよ」

「できる!」

「……できる」

前向きな子供たちの言葉に、思わずキュンとなった。


私はまず、水飲み場を作ることにした。

水飲み場の石は、ある程度大きい石であれば何でもいいそうだ。アプリが上手(うま)い事やってくれるらしい。さすが異世界クオリティ。

食事を終えた子供たち（女の子組も含む）が目をキラキラさせながら、私の目の前に並んでいる。

その後ろには、ちゃんとお座りしているホワイトウルフたち。なぜか、彼らも期待に満ちた眼差(まなざ)しを向けてくる。

「そ、それじゃあ、ガズゥとテオで大きめの石を集めてきてくれる？」

「いし？」

「そう。集めた石は、あの木の下辺りにまとめて置いてくれる？」

ユーカリの木の下を指さすと、二人が素直にコクコク頷く。

「それと、マルくんは木登りが得意だったよね？」

昨日、楽しげに木に登っていたのを思い出す。

「うんっ！」

「だったら、キャサリンたちと一緒に、さくらんぼを採ってきてくれる？」

「あの赤い実？」

「そうそう！」

一瞬、躊躇したマル。たぶん、ノワールのことを思い出したのかもしれない。

「昼間だったら、ノワールはおでかけしてるから、大丈夫だと思うんだ」

「……わかった」

「キャサリン、小さい子の面倒をお願いしても大丈夫かな？」

「ええ。よく、こじいんにおかあさまといもんにいって、シスターのおてつだいをしてたから、だいじょうぶよ」

なんだか、貴族っぽいことを言っているキャサリンに思わず感心する。

『さつき、さつき』

「ん？」

緑色の光の玉が、私の近くに集まってきた。

「もしかして、風の精霊かな？」

『そうよ！』

『あのね、わたしたちも、おてつだいするわ！』

『さくらんぼをおとすくらいなら、わたしたちでもできるわ！』

「え、お願いできるの？」

『とうぜん！』

『さつきのおねがいだったら！』

「助かるわ……じゃあ、さくらんぼが終わって余裕があったら、ブルーベリーの生(な)っている果樹園のほうもお願いできるかしら」

『いいわよ！』

うふふ。これなら、自分で採らなくて済みそう！

「サツキさま？　だれとはなしているの？」

キャサリンが不思議そうな顔で聞いてくる。

――あれ？　もしかして、彼女たちには見えていない!?

「えーと、ここに緑の光の玉があるんだけど、キャサリンには見えない？」

「みどりのひかりのたま?」

「うん。ガズゥは?」

「……みえない」

そういえばビャクヤが、ガズゥたちにはビャクヤの声は届いていないと言っていたのを思い出す。

精霊も同じということなのか。

「そ、そっかー」

「もしかして、サツキさまはせいれいさまがみえるの?」

「えっ?」

「あのね、かみにあいされているひとには、せいれいさまがみえるんですって」

「そうなのか?」

「ええ、しさいさまがそうおっしゃっていたの」

「すげー!」

「すっげー!」

どうしたものかと思っていた私をよそに、子供たちがどんどん盛り上がっている。

「あ、あははは」

私は空笑いをするしかなかった。

子供たちはホワイトウルフたちとともに、山の方へと走っていった。さすがにキャサリンとサリーはストックバッグを片手にゆっくり後をついていっている。

あんなにもしっかり歩いている姿に、つくづく、ブルーベリーの偉大さを思い知らされる。

「さてと、私のほうは家を作らないとね」

まずは、『ヒロゲルクン』の『地図』から、今ある小屋をハーブ類の植えてある出入り口近く、ローリエの木のそばに移動させる。

次に小屋のあった場所に、『タテルクン』のメニューから『木造平屋』を選んで建てる。ログハウスよりも元となる素材の数が少ないので助かる。それを三つ並べたら、まさに江戸時代の長屋が完成だ。

出入り口は下が板張りになっている障子(しょうじ)の引き戸。障子なのは紙の素材が木だからなのか。中も板の間で、畳ではない。冬場だったら確実に底冷えするに違いない。あくまで一時しのぎだ。

とりあえずは左右の部屋を男女で分けて寝起きしてもらって、真ん中の空いている一部屋で食事をしてもらうのがベストかもしれない。

炊事場は長屋のそばに東屋を建てた。ここなら雨の時でも作業できるし、焚火台もここに置くのがいいかもしれない。食事の準備もできるだろう。

「た、ただいま……⁉」

ガズゥとテオが、けっこう大きめの石を見つけてくれたらしく、山盛り持って帰ってきた。それと同時に、新しく出来た建物を見て立ち止まっている。いきなり別の建物が出来てたら驚くか。

「あ、石はあっちね」

「は、はいっ」

慌ててユーカリの木の根元に石を置いたかと思ったら、私のところに駆け寄ってきた。

「サツキさん、もしかして、これって」

「うん、これが新しい家ね」

「す、すげぇ」

あまり喋(しゃべ)らないテオがポカーンッと口開けて呟く。

「簡単なので悪いんだけど」

障子の引き戸を引いて中を見せる。

和風なだけあって、土足厳禁。ビーチサンダルは脱いで上がるように注意する。

「部屋は繋がってないんだけど、別にいいよね」

「じゅうぶんだよ」

実際に中に入ってみると障子のところからしか灯りが入ってこないので、薄暗い。各部屋に一個、LEDライトを置いてあげないとダメだ。

「そうだ。トイレとお風呂までのところに、ガーデンライトも挿さなきゃ……ガズゥ、あの小屋から自分たちの着替えとか、敷きマットとか運んでくれる？」

「わかった！」

ガズゥたちが元気に小屋へと走っていく。私も彼らの後を追って行き、女の子組の物をまとめて手に取った。

「お昼は真ん中の部屋で食べようか」

「うんっ！」

他にもテーブルとかも用意しないと、と思ったらやることがいっぱいだと気付いて、思わず苦笑いが浮かんでしまった。


ガズゥたちが二度目の石拾いから戻ってきた。同じようなタイミングで、マルとキャサリン、サリーも戻ってきた。彼女たちの周りには緑の光の玉がふよふよ浮かんでいる。

三人ともが、私が渡した大きめのストックバッグに、ギュウギュウにさくらんぼを入れて戻ってきた。

「いっぱい採れたね！」

「うふふ」

「マルもがんばった」

「すごいすごい！」

いっぱいになっている袋を受け取り、一旦（いったん）、『収納』する。後で水飲み場が出来たら、そこで洗ってみよう。

「このこやは？」

「新しく建てたの。この部屋ならもう少しゆっくり寝られるんじゃない？」

キャサリンは恐る恐る中を覗く。ちょっと暗いから、怖いかな。

「ライトがあるから、真っ暗にはならないと思うのよね」

「わぁ……」

サリーは私の手の上にある、小型のＬＥＤライトに興味津々。

「サツキさまは、ひかりのまほうがつかえるの？」

「うん？　魔法は使えないよ？」

「でも、それは」

「これは、サリーでも使えるわよ」

使い方を教えてあげると、おお、と声があがる。いつの間にか、子供たち全員が集まっていた。

「すごい。おれたちはまほうがつかえないから、たすかるな」

「わたしも、せいかつまほうはつかえないの……サリーはできるけど、ずっとはつかってられないから」

「そういえば、火種はサリーが魔法で点けてたっけ」

私がそういうと、サリーが少し恥ずかしそうに「ライト」と呟いて、指先に小さな光……豆電球くらいの光を灯した。

「おおおっ！」

私だけではなく獣人の子供たちも一緒に声をあげる。照れくさそうなサリーを、自慢げに見ているキャサリン。

「でも、まりょくがすくないから、ちょっとしかつかえない」

「そうなの？」

「サリーはまだこどもだから。わたしもまほうはつかえるけど、こんとろーるがへたなの」

——いやいや、キャサリンさん。あなたも十分子供ですよ。

「だから、れんしゅういがいではつかっちゃだめって」

「そうなのね」

もしかして、その魔法ってのが使えていたら、こんなところに来なくて済んだのでは、と、ちょっとだけ思った。でも、彼女がどんな魔法が使えるのかはわからないし、その魔法がコントロールできないっていうのも、危なそう。

そもそも、恐そうな大人相手にとっさの時に魔法が使えただろうか。いや、子供の彼女には無理だったろう。

「ちなみに、キャサリンはどんな魔法が使えるの？」

「えと、つちのまほう」

「土の魔法？　例えばどんなことに使えるのかしら」

「このまえは、『アースウォール』というのをならったわ」

「『アースウォール』というと、土の壁、ということかしら」

「そうよ。でも、こんとろーるがへただから、おおきすぎたり、ちいさすぎたりしてしまうの」

悲しそうな顔で答えるキャサリン。

魔法というと攻撃するもののイメージが強かったけれど、彼女はまだそういうのは習っていない

らしい。あと二年したら、本格的に魔法を学ぶ学校に行く予定だったのだとか。

映画で見たいわゆる魔法学校が存在するのか、と思ったら、ちょっとだけワクワクした。

長屋を作ってから三日間、子供たちには果物や焚き付けになるような枝などを集めてきてもらった。移動する時には、必ずホワイトウルフが数匹、ボディーガードみたいに張り付いているのだが、子供たちは嬉しそうになでなでしながら、歩き回っていた。

水飲み場も東屋の近くに作った。ガズゥたちが集めた石はかなりの数になって、ちょっと立派な感じの水飲み場になってしまった。これも異世界仕様なのか、ずっと水が流れている。それも、ひんやりとした冷たい水だ。

その水飲み場の下には、食器などの洗い物もできるようにスペースが出来ていて、なかなか、いい感じだ。ただ、その排水がどこに流れていくのかは、不明。知らなくてもいいんだろうな、と思うことにした（遠い目）。

立ち枯れの拠点の中にある小さい池から流れている水路に沿って、細長い畑を作った。ここには、すぐに採れて食べられそうなトマトの苗を植えてみた。残念ながら、三日では生らなかった。

ガズゥには、私がキャンプ用にと買っておいて使ってなかった、大きめのナイフを渡した。なんとガズゥは、山に野兎（のうさぎ）がいるので狩りに行きたいと言いだしたのだ。

彼は十歳くらいの子供のはずで、そんな子供が狩りをするのか？

これは異世界的常識なのか、悩んだけれど、ホワイトウルフたちが、『俺（おれ）たちに任せろ！』と言わんばかりにガズゥの後ろで構えているので、任せることにした。

これがまぁ、上手(うま)い事、狩ってくる、狩ってくる。

『ガズゥは、狩りが上手いな』

『わたしたちといっしょにはしれるくらいですもの』

まるで自分たちの子供かのようにガズゥを褒めまくるのは、ユキとスノー。フェンリルの血筋のユキからすると、同じ血筋（？）のガズゥは身内のようなものらしい。

ユキの知っている話でいうと、聖獣のフェンリルというのは、代替わりをするそうだ。なのでビャクヤの祖先とガズゥの祖先のフェンリルは別モノらしい。人化もできる変人（変フェンリル？）で有名なのがいたそうで、恐らく、それが人と交わってガズゥの祖先になったんじゃないか、ということらしい。ビャクヤたちに伝えられるくらいだから、相当だったんだろう。

そんなこんなで、のんびり山での生活をそれなりに楽しんでいた私たち。

立ち枯れの拠点で、ちびっ子たちと一緒にハーブに水やりをしたり、鉢の中に生えている草をむしったりしているところにノワールが飛んできた。

頑張って魔力を抑えることを覚えたノワールは、時々、子供たちの近くまで飛んできて様子を見ていたらしい。

『さつき～、こりゅうさまきたよ～』

いきなりのノワールの嬉しそうな声に固まる。

ノワールの声は私にしか聞こえないようで、子供たちは草むしりに夢中。

『さつき〜、ほら、アレ』

上空に目を向けるけど、青い空しか見えない。

「は？　え、どこ？」

「サツキさま？」

キャサリンの不思議そうな声に、私は反応できなかった。

なぜならば。

『五月（さつき）！　会いたかったぞーっ！』

お腹に響く声が、私の身体にぶつかるように飛んできたのだ。これも、子供たちには聞こえないのか。無反応。

そして。

はい、ドーン。

いきなり、バカでかい真っ黒なドラゴンが、立ち枯れの拠点上空の結界にへばりついていた。

古龍襲来である。


私の目の前に、正座させられている男がいる。

黒くて長いストレートの髪が、どこぞのシャンプーのCMにでも出てるモデルか？　というくらい艶（つや）やか。顔立ちは、肌が浅黒い感じのせいか、ネイティブアメリカン系の美男子に見える。見た目の年齢は、20代後半から30代、といったところだろうか。黒で統一された鎧（よろい）のような服装は、コ

スプレイヤーなんかが好きそうな格好かもしれない。

きっと、シュッとした立ち姿であれば、私もほけーっと見惚(みと)れてしまったことだろう。

「すまんっ！　けして、けっして、恐がらせるつもりはなかったんだっ！」

しかし、今目の前にあるのは、謝り倒している男の姿。

その彼こそが、先ほどまで上空にへばりついていた、古龍の成れの果て（?）なのだ。

なんと、あのでっかいドラゴン、人に化けられたのだ。そういえばガズゥの祖先の聖獣フェンリルも人化したとか言っていたから、古龍ができてもおかしくはないのか。

だったら最初から人の姿で来いよ、とツッコみたいところだけれど、急いで飛んできて、私の姿を見たら、すっかりぶっとんでしまったらしい。

いや、結界あってよかった。あのデカい古龍のまま落ちてきたら、確実に私たちは死んでいる。

ちなみに今いる場所は、結界の外の荒地の方である。

「古龍様、何やってるんですか」

冷ややかな声は、稲荷(いなり)さん。

あのでっかいサイズの古龍が結界にへばりついた後、中に入れないことに気付いて、泣き叫び始めた時だ。タイミングよく、あちら(日本)の農家さんからいただいた果物（桃や杏(あんず)、すももなど）と共に、子供たち用の服を奥さんから預かった稲荷(いなり)さんが来てくれたのだ。

自分たちの視野全部に、でっかい怪獣（ドラゴンだけど）の身体が真上にいたら、誰だって腰を抜かすか、泣き叫ぶだろう。実際子供たちは皆、叫び声をあげて長屋に逃げ込んだくらいだ。

私？　私は腰が抜けて、逃げるどころではなかった。

その代わりに、ノワールが古龍と会話をしようとしていたんだけど、ノワールの声が届かないくらい興奮状態だったらしく……ついには、稲荷さんに殴り飛ばされていた。

キャンプ場から来たのか、いつものカジュアルな格好の稲荷さん。ビュンッととんでもない高さに飛び上がったかと思ったら、パンチ一つで古龍をぶっ飛ばしたのを見て、久々に、稲荷さん神説を思い出したよ（説じゃないか、本物か）。

「だ、だって」

「だって、じゃないでしょうが」

稲荷さんが呆れてる。私もだ。この人、見た目アラサーなのに。

「だってじゃないです！　ここには小さな子供がいるんですよっ」

「だって！」

まるで、この人のほうが子供みたいだ。

「五月のそばにオスがいるなんて、許せるわけないだろうっ！」

――は？　オス？

私は周囲を見渡す。オスと言われるような人は、稲荷さんくらい……まさか。ガズゥたちのことか？

「それも、あんなに楽しそうにしてるのを見せられたら」

ガズゥでビンゴだ。

「……いやいやいや。オスって、子供じゃないですかっ」

「我慢なんかできるかぁっ！」

「人の話を聞きなさーいっ！」

「痛っ⁉」

あまりにも聞く耳をもたない古龍に、スパコーンッと思い切り彼の頭を叩いたのであった。


古龍がやってきて数日が経った。

私は山頂にあるビャクヤたちの巣で、三つ子たちを遊ばせながら、向かいの山を眺めている。

「まさか、本当に居つくとはねぇ」

向かいの山の頂きに、今まではなかった石造りのお城が出来上がっている。なんと古龍が、一晩で作ってしまったのだ。

稲荷さんに思いっきり怒られた古龍。それでも、どうしてもここに居させてくれと、縋りつかれそうになった。速攻で稲荷さんが蹴倒したけど。

さすがに、こんな大柄で（立ち上がったら、めっちゃデカかった。２ｍくらいありそう）迫力のある人がいたら、子供たちが恐がってしまう。実際、彼らはずっと長屋から出てこなかったし、ホワイトウルフたちもどこかに隠れてしまった。

もしかして、ちょっと前のノワール同様、魔力が駄々漏れなんじゃゃ、と思ったのだけれど、稲荷さんにそれはないと教えてもらった。古龍レベルの魔力になると、少し漏れただけで周辺の環境すらも変えてしまうのだそうだ。

そんな、いつ化学兵器みたいになるかわからない古龍を、結界の中には入れたくなかったので、断固拒否。

かなりのイケメンではあったけれど（ちょっといいな、と思ったのは内緒だ）、それはそれ、これはこれなのだ。

そしたら、せめて近くに住まわせてくれ、と言ったかと思ったら、向かいの山にお城を建ててしまったのだ。

そもそも、うちの敷地じゃなければ、ご勝手に？　としか言えない。目の前の山が誰の土地とか、関係ないのかな、と思って稲荷さんに聞いたけれど、この世界で古龍に文句を言えるような者などいないらしい。私は？　と言ったら、「望月様は例外です」とニッコリスルーされてしまった。

『五月～、フォレストボアの肉、食わないか』

なぜか頭の中に、古龍の声が聞こえてくる。

周囲を見渡しても、彼の姿が見えることはない。結界は物理的に古龍を入れなくさせることはできても、彼のテレパシーみたいなのは防げないらしい。

だからといって、私のほうも同じようにテレパシーができるわけではない。

「どこで？」

『この前の小屋の近くは？』

「（立ち枯れの拠点のことかな）うーん。とりあえず、立ち枯れの入り口に向かいますよ」

『ああ、待っている』

声に出して言うと、古龍にも聞こえるようで嬉しそうな返事が返ってくる。

盗聴でもしてるのか⁉　と一瞬焦ったけれど、そこは我慢しているらしい。それをしたら怒られるというのは理解しているようだ。

でも、それはやろうと思えばできるってことよね！　と思ったら、顔が引きつったのは、言うまでもない。

ビャクヤの背に乗り、立ち枯れの拠点の入り口へ向かう。ユキとスノーは、さすがに古龍との対面ができるほど肝が据わっていないけれど、ビャクヤは違った。もしかしたら、ノワールに慣れたからかもしれない。

「五月！」

ぶんぶんと笑顔で手を振る古龍。見た目アラサーのイケメンなのに、振る舞いはちょっとお子様っぽい。それを人はギャップというのかもしれないが、私は騙されない。

「どうも。あの、フォレストボアのお肉は？」

見た感じ、彼の周りには何もない。

「ああ、ちょっと待ってくれ」

そう言って、いきなり目の前に現れたのは大きくて立派な木のテーブルにのった肉の塊。食肉加工場の冷凍庫とかでぶら下がっているような、牛肉の塊みたいな大きさだ。違いがあるとすれば、これは、凍ってはいない。

「え、え、え⁉」

「人は、ちゃんと解体しないと食えんのだろ？　ほれ、血抜きもできてるし、脂の乗りもいい。こいつは旨いと思うぞ」

彼も『収納』のできる何かを持っているということなのだろう。てっきり、フォレストボアの姿のままだろうと思っていたので、重ねてびっくりだ。

古龍曰く、昔、聖女と一緒に、何度も魔物討伐に行ったのだとか。そこで同行していた冒険者や騎士の野営の様子を見て覚えたらしい。

「え、ドラゴンの姿で？」

「そんな訳あるか。ちゃんと人の姿で、解体の仕方を習ったのだ」

解体の仕方を古龍が覚えようとしたことに首を捻る。

「当時の聖女が肉が好きでな」

大物が獲れると、同行していた連中で毎回肉祭りになったのだとか。

聖女のイメージが、若干違う。もっと楚々としていて、肉より野菜派なイメージだったのだが。

「五月は嫌いか？」

「いえ、肉、好きです」

高級な肉とかは食べたことはないけれど、テレビのグルメ番組で高級そうなお肉を何度見たことか。それを思い出して、思わずゴクリと喉を鳴らす。

「どうする？　ここで焼くか？」

まだ古龍を結界の中に入れる気はない。

しかし、この立ち枯れの入り口周辺は浄化できている場所ではないし、食事はちょっと嫌だ。

『五月様、あちらの方はどうでしょう』

ビャクヤが顔を向けたのは、うちの山の先、フタコブラクダの頭の先に広がっている土地。

そこはうちの敷地ではないものの、瘴気の跡はない場所だ。ただ、季節柄、草がぼうぼうに生えている。

「なるほど、では、あそこの草を刈ってしまおうか」

そう言ったかと思ったら、指先一つで、バッサリと草が刈られて開けた土地になった。

「……?」

「よし、じゃあ、肉もあっちに持っていくか」

私が唖然としているのをよそに、嬉々としてテーブルの脚の一本を持って歩いていく。

──あれでなぜ肉が落ちない⁉

『五月様、行かないのですか？』

「え、あ、うん、そうね」

慌てて古龍の後を追いかけた。

古龍は、どこかから出してきた大きな鉄板（たぶん、彼の持ち物）で肉を焼いている。慣れた手つきに、思わず感心する。

私は子供たちと一緒に、古龍が建ててくれた少し大きめな東屋(あずまや)で長椅子に座りながら、その様子を見ている。

東屋の床はしっかり固められていて、木の長椅子が二つ、その間に低めの木のテーブルを挟んで置いてある。こちらも古龍によるものだ。なかなか、いいセンスをしている。

最初の頃は古龍を怖がって、立ち枯れの拠点の長屋からも出てこなかった子供たち。そんな彼らも私の後を追いかけてきて、肉が焼き上がるのを待ち構えている。

いつの間に古龍に慣れたのだろう?

しばらくすると、ジュージューと肉の焼ける音がしてきた。

「ほら、これも焼けたぞ」

「はいっ!」

子供たちが嬉しそうに、古龍が焼いたフォレストボアのステーキを受け取っている。渡された肉の、一枚一枚が大きくて分厚いこと。私の持っているワンプレート用の皿が全部隠れてしまう大きさだ。

本来なら、ナイフも人数分あればいいのだけれど、ここにあるのはフォークとスプーン。そのフォークでもちゃんと切れるって、どんだけ肉が柔らかいのか。

その肉の焼き具合もちょうど良くて、古龍の手際のよさには目をみはる。

「ほら、これをつけてみろ」

「これは?」

「ラーディとソックのソースだ」

「え、ソックって、こんないろになるの？」

ガズゥは古龍にかけてもらったソースに興味津々。ラーディもソックも何なのか分からなかったけど、少しだけ分けてもらって食べてみると、大根おろしに醤油をかけた感じに似ていた。ちょっと脂っこいこの肉にはさっぱりしていい。

「五月、お代わりは？」

「え、いや、もう十分」

むしろ、これ以上食べたら胃もたれする。

肉だけではなんだからと、私も手持ちのジャガイモとピーマン、しいたけに玉ねぎを端っこにのせさせてもらったけど、これに手を出しているのは、私だけ。みんな肉にしか目がいかないらしい。

「まだ、かなり肉はあるんだがな」

そうなのだ。それでもまだ、大きなテーブルの上には半分近く、焼く前の生肉の塊が残っている。

「古龍が食べればいいじゃない」

「これは、五月のために狩ってきたんだ（それに、五月といっしょにいられるだけで胸がいっぱいで腹もすかないし）」

「うん？」

「いや、おい、子供ら、まだ食べられるか」

「お、おれたちもおなかいっぱいですっ」

ガズゥが代表して答えた。他の子たちは口の中がお肉でいっぱいだ。公爵令嬢のキャサリンでさえも、頬を膨らませてもぐもぐしている。

「そうか、仕方ないな。じゃあ、これはしまっておくか」

「あ、もしよかったら、あの子たちにもあげてもらえない？」

少し離れたところで、こっちの様子を窺っているホワイトウルフたち。目がすごい期待に満ちているように見える。

「こんな上等な肉を、あいつらにか？」

「ええ。いつも、この子たちを見守ってくれているんで」

「なるほど」

古龍はちょっとだけ考えたかと思ったら、ババババッと肉を切り分け、ぶわーっと周りに振りまいた。するとホワイトウルフたちが、まるで餌付けされたイルカみたいに次々に飛んで、肉をキャッチしていく。

『古龍様、ありがとうございます』

「ふむ、お前には特に世話を見てもらっているようだしな」

『はっ』

一際分厚い一枚を差し出す古龍に、うやうやしく受け取るビャクヤ。

まるで古龍との主従みたいに聞こえて、思わずジロリと睨んでしまった。

餌付けされてしまったのはホワイトウルフたちだけではなく、獣人の子供たちもだ。

古龍が、立ち枯れの拠点の結界ギリギリの所まで来ると、どこからともなく彼のもとへと飛んでいくようになった。まさに、飛んでいく、という言葉ピッタリに、猛スピードで彼の所へ向かう。

「よし、次」

「うっす！」

気合の入ったテオの声とともに、パシパシパシッと何かがぶつかる音がすると思えば、まるで空手の組手のようなことをしている。

「もっと肩の力を抜け。次っ」

「はいっ」

テオに代わって、ガズゥが古龍の前に出る。

「……ここは空手道場か」

彼らが楽しそうなので、いいけれど。

『こりゅうさまっ！　ぼくもっ！　ぼくもっ！』

「ノワールか、お前は少し待て」

『ううう、はいっ』

古龍が来てからは、ノワールも頻繁に立ち枯れの拠点の周辺にやってくるようになった。まだ若干魔力に不安があるのか、ホワイトウルフたちはノワールが来るのを察すると、急に周辺からいなくなる。これはもう、仕方がない。

一方で女の子組は、さすがに獣人の子供たちと同じようなことはできないので、私のお手伝いをしている。彼女たちの毎日の日課になりつつあるのは、草木への水やりと洗濯のお手伝いだ。

女の子たちがまとめておいてくれた洗濯物を受け取ると、洗濯機へと放り込む。

さすがに、立ち枯れの拠点の水場だけで洗濯するには、子供たちの服の量が多いので、わざわざここまでポータブル電源（最初の頃に買った小さいタイプ）と洗濯機を持ってきたのだ。おかげで洗濯機はフル稼働状態だ。

洗濯が終わったら、カゴに山盛りになった洗濯物を、拠点の建物のそばに作った物干しスペースで、三人で干しまくる。晴天のもと、大量の洗濯物がたなびく様子は、なかなか気持ちいいもんだ。

思わず、腰に手をあて、満足していると。

ドッカーンッ

「キャーッ！」

「え、何事⁉」

何かが爆発（ばくはつ）するような音が聞こえたかと思ったら、けっこう強い風と埃（ほこり）が飛んできた。ここは結界に守られているので、よほどのことがない限り、こんな強風が入り込むことはないのに、何が起きたんだろう？

私は慌てて敷地を飛び出した。

「ガズゥ！　テオ！　マル！　大丈夫っ⁉」

結界のところまでは視界は問題ないのに、その先は土埃が舞っていて何も見えない。

「ガズゥ！　テオ！　マル！」

「けほけほ、は、はーい」

「だいじょーぶ」

「ゲホゲホ」

埃の中から子供たちの声。

「何があったの⁉」

「え、えーと」

「こりゅうさまとノワールが」

土埃が落ち着き、埃塗（まみ）れになったガズウたちの姿がようやく見えてきた。と同時に、上空へと目を向けると、大きなドラゴンに小さいドラゴンが……じゃれている？

「まさか、ここで？」

「いや、あの」

ガズゥが何か言いたげだったけれど、私はニッコリと笑って、拠点の方を指さす。

「さっさと風呂にはいってらっしゃい」

子供たちはプルプル震えながら、猛ダッシュで戻っていった。

私は腕を組み、上空を睨みつける。

何があったかはわからないけど。こんな埃があがるようなことを、あの二匹がやらかしたっていうのは、私でもわかる。

私は、ずーっと息を吸い込むと、思い切り怒鳴った。

「古龍！　ノワール！　下りてきなさいっ！」

再び、人の姿で正座させられている古龍。そして、その隣にシュンとなっているノワール。

あの場所に小さな子供がいたことと、爆風による土埃でせっかくの洗濯物が汚れたこと、思いっきり文句を言ってやった。

運よく、子供たちは怪我をしていなかったけれど、直撃してたらと思ったら、背筋がゾッとする。

それに、あの大量の洗濯を、もう一度しなきゃいけないのかと思ったら、ムカついてきた。

「わ、悪かった」

『ごめんなさい』

「ほんと、勘弁してほしいわ！　……まったく、何をどうすれば、あんな凄い爆風が起きるのよ」

『うんと、ぼくがこりゅうさまにとつげきしたのを、こりゅうさまがしっぽでふせいだの』

「……は？」

『それで、じめんにうちつけられたんだけど、すぐにはんげきしたんだ』

「……」

『すごくない？　すごくない？』

何がどう凄いのか、まったくわからないけど、彼的には凄いのだろう。目をキラキラさせて褒めてほしがっているようだ。

「……はぁ。うん、ノワールは少し黙って？」

『え』

「古龍、このちびっ子相手に何してんのよ」

「え、いや、あの、だな」

「あの、じゃないです」

「いや、ドラゴンの訓練ではっ」

「それが普通なのだと」

「そ、そうだ。ドラゴンであれば、この程度、なんともない」

「でも、その訓練の近くの地面にいたのは、獣人の子供たちでしたよね？」

「あ」

「あ、じゃないでしょ、あ、じゃぁ」

今絶対、私の背後に真っ黒なオーラが浮かんでいてもおかしくはないだろう。

「それに、洗濯物も台無しにして……」

「ご、ごめんなさい」

「……訓練をするなとは言わない。でも、場所を考えなさいよっ、場所をぉおおっ！」

「ひぃっ！　ご、ごめんなさぁぁぁぁいっ！」

見事な土下座の古龍に、隣のノワールも真似をして土下座をしているが、足が短いせいで微妙な体勢。

「サ、サツキさま」

ふんぬと鼻息荒く見下ろしている私の背後から、ガズゥの怯(おび)えた声が聞こえた。いきなり『さま』付きで呼んでくるなんて。

「何、どこか調子悪くなった？」

慌てて振り向くと、なんと獣人の子供たちも土下座している。

「な、何？　なんで」

「お、おれたちもわるかったんだ！」

「え？」

「こりゅうさまに、すこしはなれてろっていわれてたのに、たたかってるところがみたくて」

「……かっこよかった」

「おれも、とびたい」

ガズゥは真面目(まじめ)に反省してるっぽいのに、ちびっ子二人はまったくそんな気はないもよう。

「だから、しかるならおれたちも……だとおもう……んだ」

「……ほぉ。なるほど。ガズゥたちも叱られたいのね」

「う、うん」

私は正座をしている面々を見下ろし、しばし考えて、心を決めた。

「……そんなに訓練したいなら」

私がちびっ子たちに命じたのは、次の通り。
・フタコブラクダの山の周りを10周、両方の山頂の往復を10回

・山裾から徐々に草むしり（日が暮れるまで）
これを一週間。

ノワールと古龍には、私への接触を一週間禁止と、山周辺での訓練も禁止した。

――やるなら、私たちへ被害のないところでやってくれ。

古龍が絶望したような顔をしたが、関係ない。

でも接触がないだけで、ヤツのことだから、何らかの能力で聞かれてたり、見られてたりしそう。

――対古龍の防犯グッズみたいなのってないのだろうか。

真剣に稲荷さんに相談しようか、と思った。

ちなみに、汚れた洗濯物は古龍の魔法で綺麗にしてもらった。そんな便利な魔法があったのかよっ！　と、呆然となったのは言うまでもない。


お仕置きのおかげなのか、獣人の子供たちはなかなか逞しくなっていた。

元々、身体能力が高いせいか、一つ目の走らされることは、ほとんど苦にならなかったらしい。全然、お仕置きになっていない。

一方でずっとしゃがんでの草むしりのほうが辛かったようだ。でも、そのおかげで道沿いや山を囲う柵の周辺の草はほぼなくなった。

同じようにお仕置き後の古龍とノワールだけれど。

『さつき～！』

「五月～！　へぶっ⁉」

女の子組と一緒に、立ち枯れの拠点のハーブ類へ水やりをしている時、彼らはやってきた。

ノワールは結界をスルーして私に抱きついてきたけれど、古龍はいまだに入れない。

そのせいで結界に衝突して、倒れ込んだのだ。

「……反省した？」

『した！　した！』

「ちゃんと、周りをよく見ること。それと……古龍にこっちの情報は流さないこと」

『……はい』

「本当に？」

『な、なるべく？』

「……どうやら、もう一週間、追加が必要のようね」

『いや、ぜったい、ぜったいまもるっ！』

そんなに古龍と一緒にいるのが大変だったんだろうか。と、結界の外で起き上がって、しょんぼりしているイケメンアラサー古龍に目を向ける。

「古龍も、ストーカーみたいなことはやめてください」

「……『すとーかー』とはなんだ？」

「こっちが気持ち悪いって思うくらい、つけ回す人のことですよ」

「なっ⁉　お、俺は、つけ回してなど」

「ノワール使って、私の居場所を把握したりとか、いきなり、まるで見てたかのようなタイミングでテレパシーで話しかけてきたりとか」

「そ、それがいけないことなのか？」

コテリと頭を傾げても、可愛くない。

「気持ち悪いって言ってるんですっ！　そりゃぁ、確かに前世では聖女で、古龍とは親友だったたって、稲荷さんからは聞きましたけど。でも！　今の私はあなたのこと、ほとんど知らないので！　知らない人に自分の行動を一々把握されてるとか、ありえないでしょ！」

「あ、ああああっ！」

私の怒りの声を上回る大きさで、いきなり声をあげる古龍。

そんな、世界が終わったみたいな顔をしないでほしい。

「そ、そうであったな……俺は、その、五月のことをずっと見てたから」

「……だから、それが気持ち悪いって言うんです……」

――わかってないね。この人は。

そう思ってジッと彼を見ていると、今度は、うるうるではなく、本当に涙を流し始めた。

――おいおい、いい年した（実際いくつかは知らないけど）男が、泣きますかっ!?

「す、すまぬ。どうも、その、舞い上がっていたようだ」

「そ、そうですか」

「ずっと、ずっと待っておったのだ……聖女が戻ってくるのを」

ポロポロと涙を零し続ける古龍を、何とも言えない気持ちで見つめる。

まだグズグズいっている古龍だが、私は彼が建ててくれた東屋の方へと促した。皆でフォレストボアの焼肉をした場所である。

私が椅子に座ると、素直に向かい側に座った。せっかくなので、『収納』してあった麦茶の入った大きめの水筒を取り出した。ここ最近、子供たちと一緒に動いているので、水分補給にと用意していたものだ。

透明のプラスチックのカップに麦茶を注いで渡すと、古龍が無言で口にした。ちょっと冷たかったのか、びっくりしたようだったけれど、それには言及せずに、ポツリポツリと話し始めた。

「聖女は、俺の最愛だった」

――え。何、『最愛』って。いきなり、重いんですけど。

稲荷さんからは『親友』って聞いてたが、よくよく聞いてみると、どうも古龍の片想いだったらしい。

聖女には婚約者がいたのだそうだ。それも、国の王太子。相思相愛って感じだったから、身を引いたんだそうだ。この古龍が。

元々、聖女と古龍は幼馴染だったそうだ。といっても、ドラゴンと人という関係なので、聖女はまったく気付かなかったらしい。

それが、聖女が浄化のために国中を巡っている間に、王太子のほうが浮気していたのだ。その浮気が本気になってしまい、聖女と別れるために彼女に冤罪をかけた上、殺してしまった。

身分もそれほど高かったわけでもない聖女には、王太子だけが後ろ盾であり、その王太子に裏切られた彼女を救う人は誰もいなかった。まだ、十七歳の少女だった。

「何の恋愛小説よ」

思わず、呆れた声が出る。

――普通に別れればいいじゃない？

そんな殺す必要なんかないんじゃ、と思ったのだけれど、なんでも王妃教育で王家の秘密をすでに知ってしまっていたので、殺されたんじゃないかというのが、今になって冷静に考えてみた古龍の見解だった。

聖女は最後の最後まで、その王太子のことを信じていたらしい。彼が誰かに騙されてると。

「……それだけ、信じて愛してたのだ。俺の言葉も耳に入らないくらい」

古龍が悔し気に言っている姿には、ちょっとだけ気の毒に感じる。

しかしその聖女っていうのも、思い込みが激しいというか。いや、十代で恋愛経験が少ないと、そうなるのだろうか？

というか、私、前世でも男に浮気されてるのか、と思うと、なんだかなぁという気持ちになる。

とことん男運がないんだろうか。

結局、古龍が助け出そうとした時にはすでに遅く、彼女の死んでいる姿を見てキレてしまったそうだ。

いや、キレるのはわかるけど……国を滅ぼしちゃうのは、いかんだろ。

話しているうちに、さすがに涙は止まったもよう。

「あのさぁ、古龍」

「……俺の名前は、エイデンだ」

初めて古龍の名前を聞いた。

「エイデン、その、聖女のことは残念だったと思うよ」

ピクリと肩を震わすエイデン。

「でもさ、悪いけど、私はその聖女ではないよ」

「……」

「たとえ、私がその転生した聖女だとしたって、今の私にその当時の記憶はないし、そもそも、その転生っていうのも、稲荷(いなり)さんから聞いた話で、自分でもそうなの？　っていうくらいだし」

「……五月が転生した聖女なのは、俺にもわかる」

「あー、そうなの？　でも、悪いけど、私にその記憶はないからさ」

何度言われようとも、私は、日本人の望月五月(もちづきさつき)という一人の女でしかない。

使えるのはタブレットだけで、魔法が使えるわけじゃない。若干、変な力っぽいのはあるようだけれど、そんな大層なものじゃない……はずだ。

「そもそも、その聖女って、どんな姿の人だったの？」

「……腰まである長い金髪に、大きな赤い目がとても美しかった」

赤い目、と聞くとアルビノを連想したけれど、金髪というからには、もしかしたら、そういう人種もいるということか。さすが異世界。

「よーく見て。私は、黒目で黒髪。全然、別人でしょ？」

「……」

「顔立ちは？　同じ顔してるの？　キャサリンたちを見ると、私みたいな平坦な顔しているようには思えないけど。こっちの人種って、ああいうクッキリハッキリが多いんじゃないの？」

「……確かに、見た目は違うけれど……」

「それに、聖女が亡くなったのって十七歳だっけ？　仕事に一生懸命で浮気されても一途（いちず）に王子様を信じてたっていう純粋なお嬢さんだったのかもしれないけどさ、私はもう二十八なの。それなりに大人な年齢にもなっているわけで、そんなに純粋でもないの。私とその聖女は、違うのよ」

――浮気されるところまでは一緒かもしれないけどさ。

もし、同じような年齢という条件下だったとしても、そこまで一途になれたとは思えない。

「とにかく、何度も言うけど、私と聖女は別人なの。それに、そもそも、もういない聖女の姿を私に見て追いかけるとかって、私に失礼じゃない？」

「え、あ……そうなのか？」

「失礼でしょ。だって、私じゃなくて、もういない聖女を求めてるってことよね。そのうち、思ってたのと違う、とか言って、文句言いそうじゃない」

「そんなことはしない」

「そんなのわからないじゃない。それこそ、私はエイデンのことを知らないもの」

「……」

顔色が悪くなっているエイデンをよそに、私は言葉を続ける。

「とにかく、エイデンの求めている聖女は、私じゃない。だから、もうつきまとうのはやめてください。よろしく」

私は立ち枯れの拠点へと戻るために、東屋から出る。チラリと後ろに目を向けると、エイデンの大きな背中が、縮こまって見える。

言いすぎたか、と一瞬だけ思ったけれど、頭を振って、その思いを振り払う。

ドラゴンだろうが人であろうが、男は当分いらない。

「（……でも、五月の中に、聖女と同じ魂の光が見えるんだよ）」

エイデンが何か呟いていたようだが、私にはよく聞こえなかった。

さすがに、へこたれて近寄ってこないかな、と思ったのに、次の日には、再び、獣人の子供たち相手に、訓練を始めたエイデン。子供たちは楽しそうだし、彼らの為になることのようだから、まぁいいか、と遠くから見守ることにする。

立ち枯れの場所でハーブ類に水やりをしていると、時々視線を感じる。いや、明らかに、私を見ているエイデン。チラチラどころではない。

そういえば、こんなふうに誰かに視線を向けられるようなことって、あっただろうか。

学生時代は片想いが多かったし、社会人になってからできた彼氏……まぁ、元カレのことだけど……でも、こんなふうに見られたことはなかったかも。

「いかん、いかん、何考えてんのよ」

相手はストーカーだぞ、と変な情が湧きそうなのを振り払う。

ちなみにノワールは、うちとエイデンのお城を往復している。何やら、仲を取り持ちたいようなのだが、子供のくせに、生意気である。

「サツキさま、このラベンダー、どうしますの？」

「ありがとう！」

立ち枯れの拠点の、ウッドフェンスの中に植えたラベンダーが花盛りを迎えたので、女の子組に刈り取るのを任せている。まだまだ子供の彼女たちでは、それほどの量を採れないものの、腕いっぱいに抱えて、満面の笑みのキャサリンたちがやってきた。

「あー、スマホ持ってきて撮ればよかった！」

最近はこっちにいると目覚まし時計にしか使わなくなってしまったスマホ。今もログハウスに置きっぱなしだ。

「それじゃ、長屋の中で束(たば)にして、軒先(のきさき)に下げようか」

「のきさきにさげる？」

「うん、これを乾燥させて、ドライフラワーにしようかなって」

「どらいふらわー？」

「もしかして、こっちでは花を乾燥させたりしないの？」

「えーと、やくそうをちょうやくするのに、かんそうさせるときいたことがあります」

「はい！　おばあさまが、くすしなので、そのおてつだいをしたことがあります！」

「へぇー！」

くすし……薬師かな。基本、花は生花のまま、ただ見て楽しむ、ってことなのかな。単に彼女たちが知らないだけかもしれないけど。

「これが終わったら、ローズマリーも少し採ろうかな」

ローズマリーは鉢植えのものと、『ヒロゲルクン』で整地して植えたものの二種類があったけれど、後者のローズマリーのほうが、成長速度が早い。もりもりになってて、早めに刈ってあげないと、中の方が枯れてしまいそう。

「そうだ。これ使って、お肉焼くかな」

「ローズマリーって、たべられるのですか？」

「そうね。お肉と一緒に調理できるし、じゃがいもとかにもいい風味付けになるわね。あー、そういえばパンにも練り込んでるのを見たことがあるわ」

「さ、五月！」

キャサリンたちとそんな話をしていると、エイデンが声をかけてきた。

「何？」

「あ、あの、肉がいるなら……また狩ってこようか？」

うん。この人のいう「カッテコヨウカ」は「買ってくる」わけじゃない。

しかし、この世界の動物？　魔物？　が美味しいのは、この前の食事で経験済み。ちょっと思い出して、喉を鳴らしそうになる。

「サツキさま！　おれたちもなにかかってくるよ」

「おー」

「おー」

行きたくて仕方がない獣人の子供たち。尻尾がぶんぶん振られている。

「……子供たちのこと、ちゃんと任せていいのよね」

「ああ！　当然だ！　ノワールも行く！」

本人、今、ここにいないけど、エイデンに勝手に決められてるし。

「じゃあ、夕飯はお肉、期待してるから」

「任せろ！」

大喜びのエイデンと子供たちの様子に、大きくため息をつく。

けして、肉に負けたわけではない。うん、負けてはいないはずだ。


立ち枯れの拠点周辺に植えた果樹の種類が増えた。ついこの前、稲荷さんが差し入れてくれた農家さんからの頂き物（桃、すもも、杏（あんず））が、毎度のごとく、精霊パワーで大きくなってしまったので、植え替えたのだ。

まだ木陰をつくるほどの高さにもなっていないけれど、葉を摘むのにはちょうどいいくらいの高さだ。

「暑いわねぇ」

今、私が摘んでいるのは桃の葉。これを煮出してお風呂に使うとお肌にいいらしいのだ。

額の汗を拭いながら、キャサリンたちの方へと目を向ける。彼女たちが楽しそうにハーブの世話をしている姿に、ホッとしながらも、不意に思い出すのはこの子たちの家族のこと。

――そういえば、サリーのGPSの魔石の力って、ちゃんと届いてるのかなぁ。

早く迎えに来てくれるといいのだけど、と思いながら、スッと結界の外の荒地の方へ目を向ける。

――この先のどこかに街があるのよね。

まだ『地図』アプリを手に入れてないので、どこにあるかはわからないのが、残念。

異世界の町も気になるけれど、一番は魔道コンロ。

私だけだと心もとないけど、エイデンが一緒に行ってくれたら何とかなるんじゃないか、と淡い期待をしていたりする。

「サツキさま、おみず、おわりましたっ！」

「サツキさま、ローズマリーはこれくらいあればいいかしら」

「二人とも、ありがとう！」

二人の声に笑顔でこたえると、私はカゴいっぱいの桃の葉を抱えながら、キャサリンたちの方へと向かうのであった。

書籍限定
書き下ろし

ドローン買いました

ホームセンターで前から気になっていたドローンを買ってきた。

『ヒロゲルクン』の『地図』上でこの山周辺を確認していたが、実際の山の全体像も見てみたいと思うのが心情というものだろう。地図はあっても、あくまで地図。まだ行けていない山の西側、ラクダの頭のほうも気になっているのだ。

ドローンといっても、いきなり高性能なモノを買う勇気はなかった。本格的なドローンとなると、いいお値段だったし、免許だのなんだのと面倒そうなのが目に見えていたので、諦めたのだ。

「こんな小さいものでも、空を飛ぶんだもんなぁ」

ログハウスのリビングで、私は箱から取り出したトイドローンなるものを、しげしげと見つめた。

ノワールも何事かと私の隣に座って覗き込んでいる。

『トイ』とつくだけあって、大きさは私の両手に乗るくらい。おもちゃ感覚ではあるものの、モノはしっかりしているようだ。

このトイドローン、バッテリーの関係であまり飛行時間が長くはない。それでも操作可能距離が１００ｍと他のトイドローンよりも長かったので、これに決めた。（お値段も他のトイドローンと比べて少し高くて、一万円を超えていた）

I Bought a Mountain

Living in another
world isn't bad either.

――できるなら空撮で山全体を見てみたいよねぇ。

このトイドローンが、実際にどこまで空撮ができるかはわからないけど、まずは部屋の中で飛ばしてみることにした。そもそも、テレビゲームのようなものやラジコンのようなものにも触れたことがない私でも操縦できるのか、若干不安だったのだ。

「おお、飛んだ、飛んだ」

ゆっくりと上昇して、下降して、を繰り返す。そしてリビングの中を動き回る。意外と簡単に操縦できるのを見て、私のセンスがいいのか、と一人得意げになる。

ホバリングも確認できたところで、今度は天井近くまで上昇してから二階の部屋の方へと飛ばしてみる。

『(なんだこいつ)』

『(いとしごがさわってたぞ?)』

『(ひかりの、こいつとんでるけど、いきものじゃないぞ?)』

『(かぜの、ちょっと、つついてやれ)』

『(まかせろっ!)』

――おっと!

なぜかいきなり不安定になるトイドローン。慌てて、バランスをとり直す。

『(クスクス)』

『(いとしごがあせってる)』

『(こら、いじわるするなよ)』

なんとか安定しだしたところで、ホッとした私は、今度は空撮に挑戦する。

高さを維持したまま私の方へと動かすと、スマホの画面には、コントローラーを握りしめている自分が映っている。真剣な顔の自分の姿が見えて変な感じだ。

——とりあえず、このまま降下させたら、今度は外で飛ばしてみよう。

そんなふうに、ちょっとワクワクしていた隙(すき)に事件は起こった。

バシッ
ガツッ
「え、あああああっ!」

いつの間にか、トイドローンと同じ高さに飛んでいたノワール。彼の右手が炸裂(さくれつ)して、一発でトイドローンが床に激突して……真っ二つに割れてしまった。

「い、一万円がぁぁぁ!」

『なんだ、こいつ、弱っちいな』

「ノワール!」

『こんなのよりも、ぼくのほうがつよいぞ!』

『(このあたりでノワールにかなうやつはいないぞ?)』

『(まったく、かげんてものをしらない)』

「強いのはわかる、強いのはわかるけどぉぉ」

『えい』

グシャッ。

着地したノワールの足元にあったトイドローンは、見事に潰(つぶ)れてしまった。

「あああああ……カードで買ったばっかなのにぃ」

力なく呻(うめ)いた私は、がっくりと膝から頽(くずお)れるのであった。

書籍限定
書き下ろし

山頂の棲み処にて

日差しの強い山頂ではあるものの、気持ちのいい風が抜けていく。

ここはビャクヤ一家が住んでいる棲み処だ。

ビャクヤ、シロタエ、ハク、ユキの四頭で住むのにはちょうどよかったけれど、三つ子が生まれて手狭になったようなので、ちょっと前に、タブレットの『ヒロゲルクン』で『穴掘り』をして少しだけ広げた。

今はノワールがエイデンの城にいる時間が多いので、ユキと番のスノー、ハクはログハウスの敷地の厩舎にいる。おかげで、この山頂の棲み処にもだいぶ余裕ができた。

「ウォンッ」

「クーン、クーン」

「フゴフゴッ」

久々にビャクヤの背に乗って会いにきたけれど、三つ子はちゃんと私のことを覚えてくれていたようだ。全員で一気に私の足元に集まって匂いを確認しまくっている。

メスが二匹に、オスが一匹。

白くてコロコロ、モフモフの塊が三つ。生まれた頃は豆柴サイズだったのが、少しだけ大きく

I Bought a Mountain

Living in another world isn't bad either.

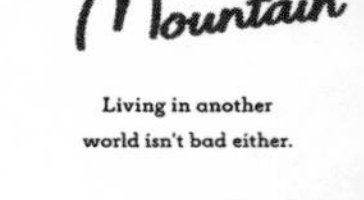

なっていた。普通の柴犬の成犬くらいだろうか。それでもコロコロしていて可愛い。足の太さからも、これからデカくなりそうだ。

本当ならもう少し小さい頃を堪能したかったけれど、ノワールの誕生というタイミングとぶつかってしまったので仕方がない。

私のニオイを嗅ぐのに満足したのか、今度は三匹が思いきり身体をすり寄せてくる。

「あー、やっぱ、かわいいなぁ。うりゃうりゃうりゃ～」

一匹の顔を両手で撫でまわしていると、もう一匹が割り込んできて勢いよく私のお腹に突撃してきた。思った以上の強さに、ドスンッと思いっきり尻もちをつく。

「うわっ」

『あらあら、五月様、大丈夫ですか』

「いやぁ、小さいのに力があるね」

苦笑いしながら、立ち上がって尻についた土を払い落す。多少暑くてもジーパンはいてきて正解だった。

『すみませんっ！』

「ウォッ、ウォッ」

『ダメよ。五月様にそんなことをしては』

「……クーン」

ブンブンと勢いよく振ってた尻尾が、シロタエに叱られて垂れ下がってしまった様子が可愛い。

思わず、おりゃおりゃおりゃおりゃ～、と両手で顔をもみくしゃにしてあげた。

『かあさん！』

元気な声はユキだ。棲み処の入り口に現れた彼女の足元には丸々と太った大きな角ウサギが落ちている。

『お土産です』

今度は彼女の番（つがい）のスノーが、同じような大きさの角ウサギを並べるように置いた。すっかり二頭は仲良しで、たいがいは行動を共にしている。

『おれもっ！』

そんな彼らの後ろから現れたハクが、咥（くわ）えて持ってきたモノを私たちの目の前に放り投げた。

ドシンという音の主（あるじ）は、でっかい蛇だ。

「へ？　う、うわぁぁぁっ⁉」

動物園でよく見かける、首に巻くようなサイズの蛇に、思わず大きな声をあげてしまう。

前に見たブラックヴァイパーに比べたら小さいけれど、十分にデカい。

『こらっ！　ハクっ！』

『ご、ごめんなさいっ！』

シロタエに叱られたハクの姿は、先程、項垂（うなだ）れていた子にそっくりだ。

「だ、大丈夫だけど……ちょーっと、それはどかそうか？」

『……はーい』

渋々蛇を咥えて出ていったハクの後ろから、今度はビャクヤがぬっと顔を出した。途端に三つ子たちは、ビャクヤの方へと猛ダッシュ。

「ワフワフワフっ！」

「オーンッ！」

「フゴフゴフゴッ」

『ああ、ただいま』

突撃していった三つ子のパワー（私だったら軽く2、３ｍは飛ばされそう）をものともせず、ビャクヤは大きな舌で三つ子の頭をそれぞれ舐めていく。

そんなビャクヤ大好き三つ子がじゃれつく様子に、思わず、くすりと笑ってしまった。

あとがき

最後まで読んでいただいた皆さん、ありがとうございます。五月の異世界山暮らし第二弾、楽しんでいただけましたでしょうか。

今回は、主にログハウス周辺が生活圏だった五月が、自分で買った山全体を歩き回ったり、異世界人と遭遇したりと、だいぶ異世界での行動範囲が広がりました。

そして新たな登場人物（？）もたくさん出てきました。

ビャクヤたちの子供で、ハクとユキの弟妹の三つ子、狼獣人のガズゥたちや、貴族のキャサリンたち。一巻にちょいちょい出ていた古龍（コリュウ）もようやく五月と遭遇できました。（ＷＥＢから読んでいただいている読者の皆様、お待たせしました）

実は初稿の段階では、二巻での古龍の登場はギリギリ難しいかな、と思っていたので、今回ちゃんと書けてホッとしています。

特に、りりんら先生に描いていただいた、古龍の人の姿（エイデン）はいかがだったでしょうか。こちらで用意した参考資料をもとに、まさにエイデン！　というキャラクターを描いていただけたと思っています。個人的には、残念イケメン具合がイイ！　と思うのですが、皆様の感想も聞いてみたいところです。

またガズゥたち獣人のチビッ子も、かわいく描いていただいて、身もだえしたのは私だけではないはずです。

素敵なキャラクターたちだけではなく、今回は私の脳内にあった地図を、もっとわかりやすい簡単な地図にして用意していただいています。

自分で手書きの地図を描いて、ああでもない、こうでもないと考えながらお話を書いていたのですが、校正の段階で何度も「ここじゃない！」「ああ、間違えた！」と頭を抱えながら修正しまくったので、少しでも皆さまの想像の手助けになっていれば、と思います。


こうして二巻のあとがきを書いていると、一昨年（二〇二二年）の年末に、書籍化のお話をいただいた頃のことを思い出します。

この時はコロナにかかってしまって体調不良が続いていたので、書籍化自体難しいのではないか、と内心では思っていました。

それなのに、一年後には一巻だけでなく、二巻が発売となっていることを思うと、自分もよく頑張ったなぁ、と思うと同時に、たくさんの読者様、書店員の皆様、出版社の皆様のおかげであることを痛感いたします。

最後に、今回も大変お世話になったＧＡ文庫編集部の担当者様、前作以上に可愛いくてカッコいい絵を描いていただいたりりんら先生、本当にありがとうございました。

実川えむ

田舎の夏、異世界の夏。

まだまだ、モフモフたちと山暮らし。
大人気のスローライフ、第三弾!!

山、買いました3
～異世界暮らしも悪くない～

2024年5月発売予定!

※発売予定および内容は変更になる場合があります。

山、買いました2
～異世界暮らしも悪くない～

2024年1月31日　初版第一刷発行

著者　実川えむ
発行人　小川 淳
発行所　SBクリエイティブ株式会社
〒105-0001　東京都港区虎ノ門2-2-1
住友不動産虎ノ門タワー
03-5549-1201　03-5549-1167(編集)
装丁　AFTERGLOW
印刷・製本　中央精版印刷株式会社

ISBN978-4-8156-2110-0
Printed in Japan

ファンレター、作品のご感想をお待ちしております。

〒105-0001　東京都港区虎ノ門2-2-1
住友不動産虎ノ門タワー
SBクリエイティブ株式会社
GA文庫編集部 気付

「実川えむ先生」係
「りりんら先生」係

本書に関するご意見・ご感想は
下のQRコードよりお寄せください。
※アクセスの際に発生する通信費等はご負担ください。

第1位
お隣の天使様にいつの間にか駄目人間にされていた件
著／佐伯さん
画／はねこと
第5位
新作3位
透明な夜に駆ける君と、目に見えない恋をした。
著／志馬なにがし
画／raemz
このライトノベルがすごい！2024
（宝島社刊）
GA文庫から続々ランクイン!!!

第12位
新作8位
不死探偵・冷堂紅葉
01.君とのキスは密室で
著／零 雫
画／美和野らぐ
第11位
ダンジョンに出会いを求めるのは間違っているだろうか
著／大森藤ノ
画／ヤスダスズヒト

神の使いでのんびり異世界旅行

～最強の体でスローライフ。魔法を楽しんで自由に生きていく！～

著：和宮玄　画：ox

人を助けようとして命を落とした元社畜のトウヤ。それを見ていた神様の力で使徒として異世界へ転生することに。与えられたのは、若返った体と卓越した魔法の才能。多忙な神様に代わり、異世界を見て回ることになったトウヤは、仕事ばかりだった前世からずっと憧れていた旅へ、いざ出発！

異世界グルメを堪能したり、見たこともない街を自由に散歩したり。そして道中、困っている人や怪我をした動物を魔法で助けていく。すると、トウヤの周りには豪商や冒険者、さらに神獣まで集まりはじめ⁉　出会いと別れを繰り返しながら、穏やかな旅路はどこまでも続く――。

のんびり気ままな異世界旅行、はじまりの街・フスト編！